U0607223

古博◎著

滨河神梦

古博诗词六百首

中国文史出版社
CHINA CULTURAL AND HISTORICAL PRESS

中国文化学会艺术委员会副主席，中国书画家协会副理事长莫自和先生题并书；古博诗。

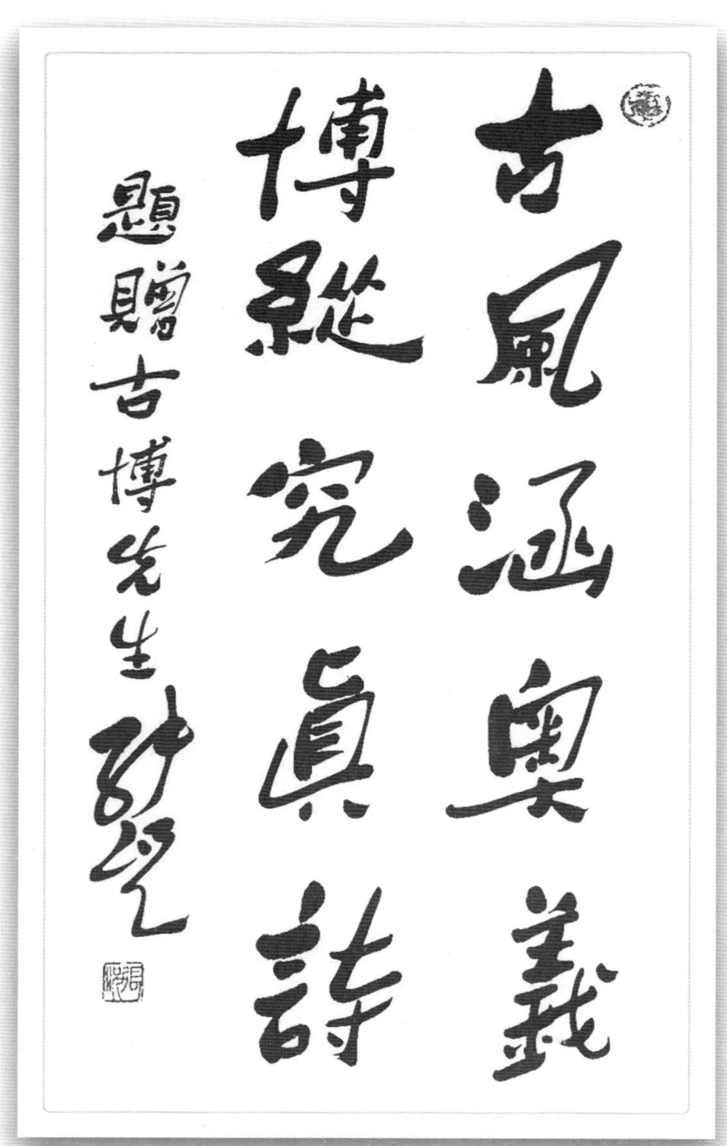

中国作家协会会员、中国诗歌学会常务理事，广东省作家协会主席团成员张况先生题词。

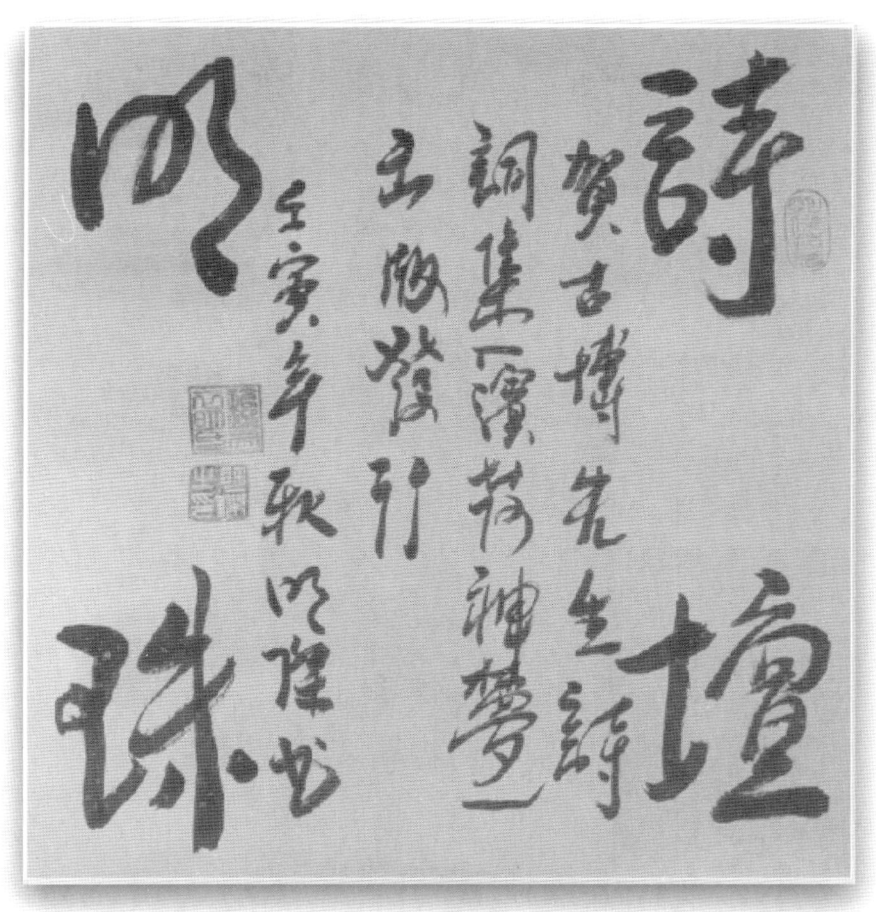

著名作家、诗人、社会活动家明杰先生题词。

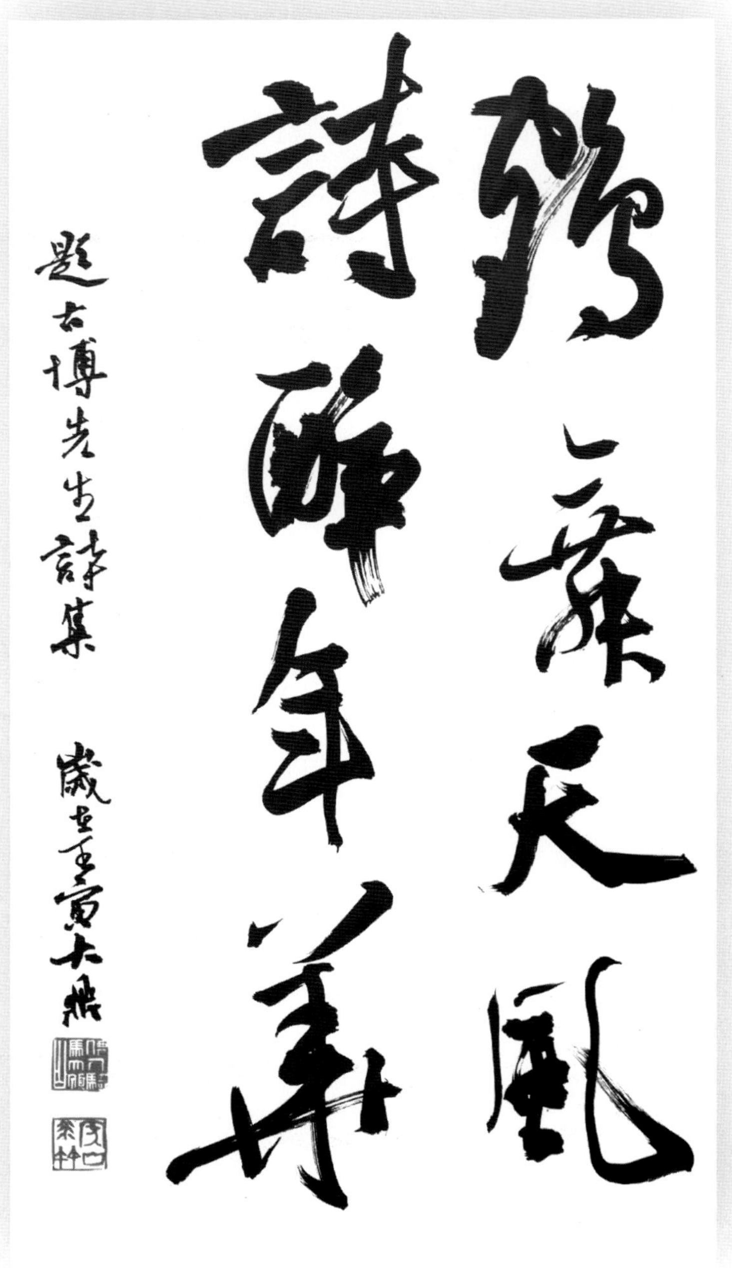

中国民主促进会会员，民进中央画院、民进广东省开明画院画家，广东省书法家协会会员李美征（大鼎）先生题词。

中国艺术研究院画家、天津国画研究院副教授韩英金先生书；古博词。

中央国家机关书法家协会会员，广东省书法家协会会员李军（李君）先生书；古博词。

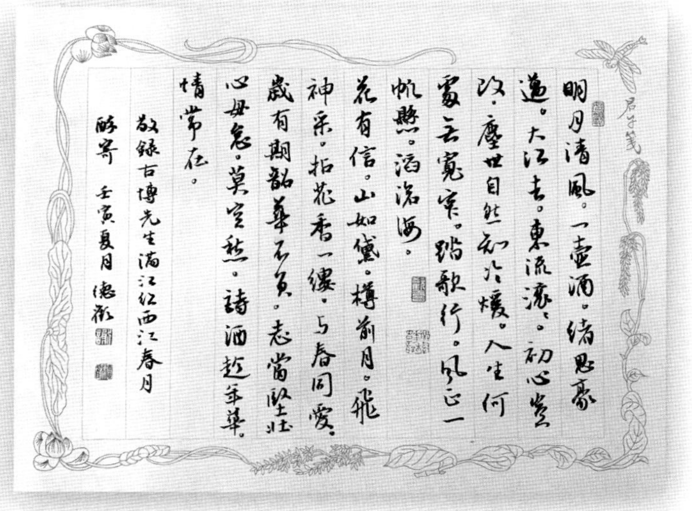

中国书法家协会会员、广西海兰亭书画院副院长谢德欢先生书；古博词。

中国民主促进会会员，民进广东省开明画院画家，民进佛山市第九届委员会青年工作委员会副秘书长古琪画;古博诗。

羣玉山頭初
見曉蒼光為
照百花開晝
樓春裏常
聽雨夢醉濤
風戴月来

題古琪七絕畫樓春 古博詩
壬寅夏何蘭書

蒼穹煥然斗轉裏風雷問世
戰危難石破天驚為庶黎傑
霹靂大革命風雲詭變圖清
共蔣江割義第一槍兵舉南
昌建軍茲始漢口八七論斷
果矚挽狂瀾宵弼反圍勦艱
苦長徵破重關踏絕地救中
華聯合抗日雪國恥誰書青
史占南京決勝全國巨人巍
屹雄獅已醒抗美援朝更揚
眉吐氣現代化改革開放九
二南巡港澳回歸日馳千里
中國特色和平長展西夷安
羅神州善勇攻堅為復興崛
起全民抗疫猶彰大愛中國
黨迎百誕之禧難方顯勇砥
礪得成道遠須力毅便展望
航途行穩再續徵程斬浪闢
波進艱毋止紅船所系中國
希望臺灣之統一日盼愛中
國當順乎民意人民就是江
山百載初心共舟維繼

古博鶯啼序百年回望 辛丑仲夏何蘭書

氣蕩雲嶋垂野闊
塘田龍陌貫桑基
波光一渚樵山翠
夢似鱗番滄海移

古博詩七絕西樵漁桑 壬寅何蘭書

诗人、书法家何兰女士书；古博诗词。

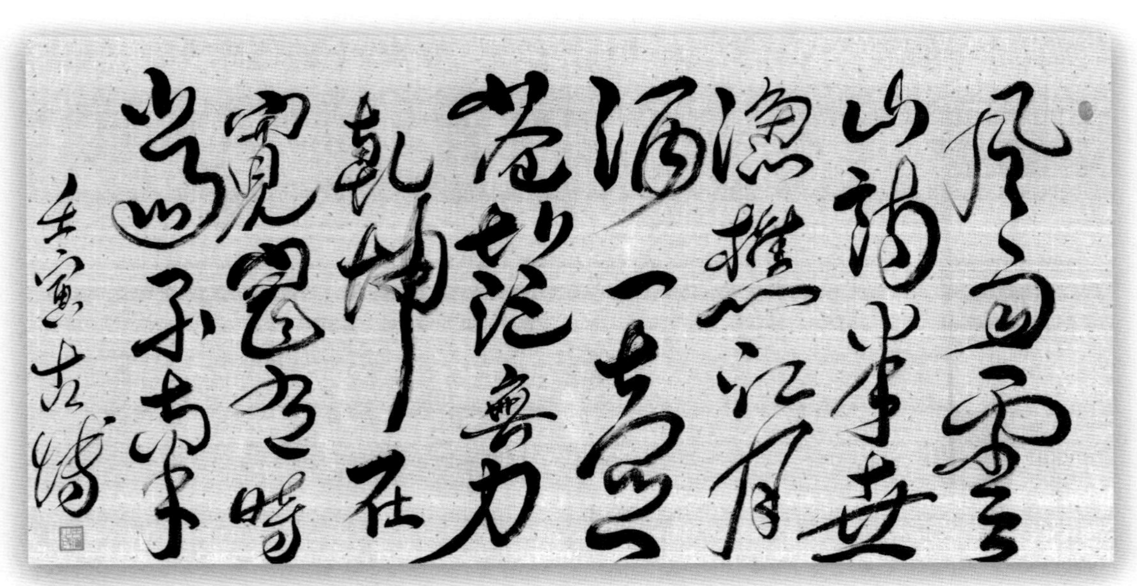

作者自题

自　　序

青山凝碧曾是血，绿水流辉应为魂。追溯中国人类社会发展历史的长河，中国诗歌似长江之水、黄河之浪，其滚滚之势不可阻挡亦无可替代！也可以把中国诗歌比作雨露和甘霖，在悠久的历史长河中，诗的先祖们早已将人类语言艺术和思想文明的花朵播撒在大中华的每一个角落，滋润、培育了一代又一代的诗者。

行走在神州大地，游历于大江南北，青山处处，绿水悠悠，河山壮丽。从青海过昆仑入西藏，过天山从乌鲁木齐到喀什；自重庆往宜昌游长江三峡；从山西太行、吕梁到黄河，游北京故宫、走长城，去古长安看兵马俑、洛阳赏牡丹、少林寺观赏武功，登五岳，入关东往东北；自驾经北海往桂林、向西走云贵，经雷州半岛、过琼州海峡、一路向南到三亚的天涯海角；经粤赣皖苏浙闽东南六省宿黄山、游杭州和金陵、过长江等，所到之地处处皆是风景。正可谓，万里江山万里诗！只要你能走出户外，只要你怀揣诗歌梦想，就能信手采撷一朵又一朵跳跃于诗海里的瑰丽浪花。

无论走南闯北，抑或向东向西，我的人生不是在写诗，就是在写诗的路上。人生最宝贵的财富就是人生阅历、人生体验和人生感悟。所有这些，皆可以走进我的诗情与酒意之中。我执着地以诗歌的方式记录人生，或还原人生印象。还喜欢和追求以亦醉亦痴的姿态穿越古典诗词，去册页里寻找失散千年的李杜，去大漠里寻赏孤烟，去长河边观看落日，去江雪中静静垂钓，或者也会去偏僻孤村僵卧一回，期望能做上一场诗情画意般的春秋大梦。

我吹过你吹过的风，这算不算相拥？我走过你走过的路，这算不算相逢。与其说这是一首歌词中的句段，倒不如说这更像一首诗，像一首忧伤而又深情的告白诗。追随前人的足迹，我在诗的路上，算起来近半个世纪。我不会忘记，刚上小学三年级的那年，背着书包在早春清晨上学途中给小伙伴们所作的一首谜语诗："八柱落地，四耳朝天；中间点火，两头冒烟。"这或许算是我的处女作。我的少年时代，因为条件限制很少有连环画看，精神食粮大多来自父亲床头的《红楼梦》《水浒传》《三国演义》《西游记》《聊斋志异》等大部头名著。因为是偷偷地看，担心父亲责备，或者慑于其管教严苛，遇到不懂的就只能悄悄地去请教母亲。母亲曾在乡村学校读过好几年书，虽然也是一知半解，但她往往能告诉我诗词中的大概意思。也许，这就是我的诗歌启蒙。也许，这是我四十余年如一日对诗之执着愈发不可收拾的动力源泉。与诗结缘，带给我文化自觉，使我对诗歌的膜拜成为永恒。同时，诗歌又成了我的精神家园与灵魂伴侣，带给我文化自信，使我对诗歌的爱成为支撑人生的神奇力量。

本人在数十年的诗词创作探索中，慢慢领悟到，诗可以分五个层次。第一层次，为"言物"；第二层次，为"言情""言志"；第三层次，为“言理”“言哲”；第四层次，为“言之无我”；第五层次，为“言之无物”，即“言无”，达到了既“言之无我”亦“言之无物”的最高境界。简而言之，可概括为“五层七言”之诗学，或诗论。

如果把诗学、诗论与哲学有机地结合起来看，其中第一至第三个层次，可归为“形而下”，这一诗境属于“以我观物”范畴；而第四至第五层次，则可归为“形而上”，这是属于“无我”“无物”范畴的诗境之“无”。再有就是第五层次，即“言之无物”或“言无”，与“有即是无”“无即是有”“看山是山，看山不是山，看山还是山”的道理是相通相承的。

比如，中国佛教禅宗六祖慧能大师所创作的那首脍炙人口的“菩提本无树，明镜亦非台。本来无一物，何处惹尘埃”，以诗文内涵、社会意义以及佛学的角度而论，已经超越了哲学和学术的范畴，达到了“无我”“无物”的层次与状态。这里特别要说明的是，并非因为诗中有“无树”或“无一物”等几个字眼而机械、简单地断定此诗为“言之无物”“言无”，而是应该从诗的内容和内涵上，或从诗的属性和本质上去分析与解读。又如，明代心学集大成者王阳明（又名王守仁）所作的“险夷原不滞胸中，何异浮云过太空？夜静海涛三万里，明月飞锡下天风（《泛海》）”。他的学说，尤其是诗学，打破了当时的理学钳制，引领了思想风尚和潮流。此诗乍一看尽管有洒脱的“我”，亦有浮云、太空、海涛、明月、飞锡、天风等不少大自然之“物”，以及有不滞胸中之“物”，即他所说的“险夷”等。我的理解是，上述的一切“我”和“物”皆在“有”与“无”中转换。譬如，“险夷”实则是他正在经历的事，若了解他的历史背景，就明白是“有”的，但他把其比作“浮云”，变成了“无”。“飞锡”实则是“无”，但他又在诗中化用，说成了所谓的“有”，其实就是“无”。可以通过逆向思维反过来比较，即从“看山不是山”到“看山是山”，再回到“看山不是山”。

诗，是语言与文字的艺术和灵魂。而不应该是“食之无味”“嚼之如蜡”或“臭气哄哄”的废话体、浅薄体、游戏体，或者回车体。靠愚弄读者、卖弄技巧、哗然取宠的语言或者文字，始终不会有很强的生命力。只有进入了第三个层次，大多数作品能够存“理”“哲”于诗，才称得上“诗家”。当然，若达到了第四个层次，即“言之无我”，或者进入了“无我之境”“以物观物”，便堪称诗之“大师”了！诚然，我不盲目追崇大师，但必会致力于诗歌文化，尤其是希望能在古典诗词创作和探求的道途上不断攀山越坎，师古不泥，守正创新，不断地改进和提升文学的自我修为。第五层次，能够登顶的必然少之又少，若达到了此等境界，“无我”“无物”便是诗中之真圣者了。以我之见，“言无”便是诗家的天花板。

以上，只是本人多年来在诗歌领域笔耕的个人看法和几点感悟。期望能与广大读者交流，倘若个中观点、论述及书中某些诗词作品能引起广大读者及诗词方家的共鸣，则不胜荣幸。

2022 年 8 月 28 日于佛山荷城

目录

C O N T E N T S

·梅之篇·

·兰之篇·

・菊之篇・

· 竹 之 篇 ·

·松之篇·

梅之篇

梅，享有中国十大名花之首的美誉，为花中之魁。与“兰、菊、竹”并称“四君子”，与“竹、松”合称“岁寒三友”。

在中国传统文化中，梅以其高洁、坚强、傲寒之品格，激励世人“立志、奋发、大无畏”。因此，还被喻为“高洁志士”。在严寒中，梅开百花之先，独天下而春。正可谓：

不待东风渡，悠悠染雪霜。
浑然留正气，天地有芬芳。

雁去春还早，云光似雪华。
岭南无所寄，清瘦是梅花。

——古博《五绝·咏梅》（两首）

梅枝踏鹊

水调歌头·建党百年华诞庆赋

庆祝中国共产党成立100周年抒怀

红日出东海，朗朗照乾坤。纵曾风雨如晦，霜雪铸雄魂。踏破重关恶垒，历尽艰难险阻，碧剑荡风云。七月红船启，烟雨舞欢欣。　　勇磨砺，谋伟略，战昆仑。改革开放、发展，时代最强音！世纪第一华诞，铁血百年跨越，振奋九州人。大道不孤寂，天下一家亲。

注：格律依北宋文学家、诗词大家、豪放派代表人物苏轼《水调歌头·明月几时有》体。

2021年3月，荣获国际诗词协会、国际诗歌网、《华人文学》杂志社、《上海散文》杂志社等机构联合举办的“百年回望——庆祝中国共产党成立100周年全国诗文大赛”金奖，作品入选《百年回望——纪念中国共产党成立100周年诗文大赛获奖作品集》（中国文化出版社，2021年6月版），先后发表于中国作家网、中华诗词网、中国诗歌网等网络平台。

沁园春·庆国之七十华诞

庆祝中华人民共和国建国 70 周年抒怀

社稷泱泱，华诞七十，誉盛九州。忆峥嵘岁月，初心不改；激情年少，壮志难酬。砥砺前行，韬光养晦，帷幄筹谋意气遒。擂战鼓，看扬鞭跃马，百舸争流。　　今崛起杞人忧，谁弄霸权嚣攘不休。我河山大好，民安国泰；和平发展，未雨绸缪。赤子之期，统一伟业，台海应无隔岸仇。催奋进，筑梦新时代，更上层楼。

注：格律依北宋著名词人苏轼《沁园春·孤馆灯青》体。

作品先后发表在中国作家网、中华诗词网、中国诗歌网、中国散文网、中国诗书画家网等网络平台，入选《中国当代作家书画家名作典藏》（中国文化出版社，2021 年 6 月版）。

满江红·喜迎党的二十大寄怀

喜迎中国共产党第二十次全国代表大会2022年10月在北京召开抒怀

宇宙苍茫，华夏里，乾坤朗朗。银河舞，千川归海，涛声似唱。慢道红船烟雨渡，丹心碧血风云荡。越横流，百载显风华，堪回望。　新时代，新思想，看今日，何惆怅？和平发展好，统一为上。海角腥风各不晓，天涯明月同相向。愿神州，两岸一家亲，皆无恙！

注：格律依北宋著名词人苏轼《满江红·江汉西来》体。

壬寅春，创作于广东佛山。作品发表在中华诗词网、中国诗歌网等网络平台，入选广东省作家协会诗歌创作委员会主办的《文艺之花》传媒公号“诗迎二十大”特别版、《中国最美游记》2022卷（中国文化出版社）。

满庭芳·泸州赋

白塔朝霞，方山雪霁，东岩夜月妖娆。宝山春眺，琴抚履霜操。寻梦余甘晚渡，斜阳外，诗祖髦髦。江阳美，海观浩渺，龙跃一潭潮。　看江虹醉卧，东流经世，日月惊涛。盛一壶，任凭天地逍遥。历尽泸州山水，千帆过，诗酒相邀。歌形胜，乾坤载道，风雨共迢迢。

注：格律依北宋著名词人、婉约派代表人物之一晏几道《满庭芳·南苑吹花》体。

诗词上阕展现、颂述泸州历史上著名的“古八景”：白塔朝霞、方山雪霁、东岩夜月、宝山春眺、琴台霜操、余甘晚渡、海观秋凉、龙潭潮涨。其中，“履霜操”为琴台霜操典故中的一首著名琴曲；“海观浩渺”“龙跃一潭潮”分别指海观秋凉、龙潭潮涨此两地古景。诗祖，特指有“中华第一人”“中华诗祖”之尊称，西周周宣王时期著名贤相，我国第一部诗歌总集《诗经》的采风、编纂者尹吉甫。

2021 年 9 月，作品获《红旗诗刊》《首都国际文学》《天山文艺》等文学传媒联合举办的全球华语“诗仙杯”诗歌大奖赛暨中国国家振兴杰出诗人遴选第四名之“金诗人”奖。共创作、选送两首格律诗词，《满庭芳·泸州赋》是其中一首获奖作品。作品发表在中国作家网、中华诗词网、中国诗歌网等网络平台。

满庭芳·过二郎滩

过二郎滩，一壶酱酒，与君赤水相辞。梦回千里，岁岁寄秋思。几许雁飞南北，云天外、醉盼如痴。那堪是，夜难入寐，花落月出时。　　槛菊寒始绽，樽前愁味，红叶疏篱。莫不羡，格桑梅朵英姿。美酒河兮美酒，犹渴望、共饮朝夕。何时看，征鸿踏雪，云锦写归期。

注：格律依北宋著名词人晏几道《满庭芳·南苑吹花》体。

二郎滩，位于贵州赤水之滨。2021年9月，获《红旗诗刊》《首都国际文学》《天山文艺》等文学传媒联合举办的全球华语“诗仙杯”诗歌大奖赛暨中国国家振兴杰出诗人遴选第四名之“金诗人”奖。共创作、选送两首格律诗词，《满庭芳·过二郎滩》是其中一首获奖作品。作品分别发表在中国作家网、中华诗词网、中国诗歌网等网络平台。

沁园春·张家界

丁酉仲秋，湖南张家界之旅赋。

云谷盘溪，陡壁生烟，气派武陵。看石峰林立，雾吞渊壑；洞天突兀，隙掠苍鹰。异兽珍禽，流泉飞瀑，动漫森森水墨凝。登高处，眺层峦叠嶂，若梦芳瀛。　江山画尽风情，问造化谁将神笔擎？况马良塞尚，未及拙古；梵高蒙克，莫竞浑雄。亿万沧桑，谁挥鬼斧？天上人间仙境生。桃源里，欸乃潭水绿，山月从容。

注：格律依北宋著名词人苏轼《沁园春·孤馆灯青》体。

马良，为中国传说中的神笔马良；塞尚、梵高、蒙克均为世界著名画家。

长相思·过海口

2020 年 12 月中下旬，应第六届“中华情”全国诗歌散文联赛组委会的邀请，我携伴千里自驾前往海南三亚出席大赛颁奖盛会，于琼州海峡渡中寄怀。

风一程，雨一程。车向天涯日夜行，海峡轮渡征。　月一更，雾一更。船破波涛看纵横，似闻鸥鸟鸣。

注：格律依唐代著名诗人白居易《长相思·汴水流》体。

12 月 17 日傍晚，我驾车自粤中佛山出发，经江肇、佛开、沈海等高速一路向南，当天子夜抵达雷州半岛湛江徐闻新港。然后，人车分乘于同一渡轮。将近凌晨 5 时，渡轮渡过琼州海峡并停靠海口海安新港，出港口后继续自驾并沿海岛东线高速朝三亚直奔目的地。

临江仙·游三峡瞿塘怀古

丙戌夏秋之交，乘游轮游三峡过瞿塘赋。

气象萧森白帝古，夔门秋月春风。一川浪卷万千重。晴晖濯水绿，曙色耀天明。　今且问瞿塘过客，谁能自诩英雄？公孙据蜀道白龙。看长江滚滚，逝水尽流东！

注：格律依北宋著名词人苏轼《临江仙·夜饮东坡醒复醉》体。

相传西汉末年公孙述据蜀，在长江三峡山上筑城，因城中一井常冒白气，宛如白龙，他便借此自号白帝，并名此城为白帝城。公孙述死后，当地人在山上建庙立公孙述像，称白帝庙。明正德七年（1512年），四川巡抚以公孙述僭越为由而毁其像，改祀江神、土神和马援像，称该庙为“三公祠”。明嘉靖十二年（1533年）又改祀刘备、诸葛亮像，更名“正义祠”。后又添供关羽、张飞像，因此白帝庙内无白帝，而长期祀奉蜀汉人物。作品发表在中国作家网、中华诗词网等网络平台以及国际诗歌网主办的《华人文学》杂志。

满江红·南京南京

风雨钟山，潇潇处，长江血染。岂能忘，铁蹄滚滚，南京惨案！日寇屠城千百遍，国人死难三十万。悼亡灵，血泪史难书，犹哀挽！　　雪国耻，除梦魇；知荣辱，磨天剑。看雄狮迈步，九州鹏展。百载初心怀砥砺，千秋伟业思忧患。统台海，筑梦大中华，当无憾！

注：格律依北宋著名词人苏轼《满江红·江汉西来》体。

辛丑岁，本人参加2021“李白杯”全国诗人节南京诗会暨第三届中华长江文学奖2021年度诗人奖全国大赛，获全国“十佳诗人”奖，并被授予“2021李白杯全国诗人”奖章。主赛获奖作品为五首七律。同年7月19至21日，应邀前往江苏出席在南京举办的全国诗人节（南京诗会）和第三届中华长江文学奖年度颁奖盛典。南京诗会和颁奖典礼的主办方组织来自全国各地的获奖诗人及作家代表先后到总统府采风、到侵华日军南京大屠杀遇难同胞纪念馆追思，实地开展创作活动。其中《满江红·南京南京》是本人现场即景之作，整个大赛活动共选送和创作诗词作品七首。获奖作品分别发表在中国作家网、中华诗词网、中国诗歌网等网络平台。

一剪梅·青岛梅园醉咏

剪剪梅枝无限情，抖擞英姿，勃冠盈盈。简妆素锦飒银屏。冷艳西施，雪舞红伶。　　几笔疏斜百里风，独醉寒山，鹤步霜穹。欲寻莺燕尚无踪。不为春妍，但使峥嵘。

注：格律依北宋文学家、著名词人、婉约派集大成者周邦彦《一剪梅·一剪梅花万样娇》体。

“勃冠盈盈”之“冠”，此处读仄声，为动词，采用拟人手法。意为把帽子戴在头上。

蝶恋花·庚子元旦赋

2020 年 1 月 1 日，有感于习近平总书记的新年贺词——只争朝夕，不负韶华！

碧树莺啼花未瘦，不待东君，红绚还依旧。昨日去年藏老酒，今朝今岁呼朋友。　　何事樽前风满袖，不负韶华，只为忠贞舞。鬓染春秋寒雪斗，月移年岁河山秀。

注：格律依五代南唐末代君主、“词帝”李煜《蝶恋花·遥夜亭皋闲信步》体。

满江红·驱狼子

于壬寅岁正月十三前往五华县城为舅父李元瑞贺寿，后在霏霏寒雨中陪同舅父一家老小驱车登水寨蒲丽顶森林公园拜谒革命烈士纪念碑，瞻仰英烈。有感于革命先驱的英雄气概和英烈们的大无畏牺牲精神而敬撰！

万炮齐发，硝烟里，战车滚滚。驱狼子，那么一役，未为雪恨。侵我南疆谁不义，灭他贼寇何妨尽？反击战，看铁马关山，挥兵进！　　除外患，绝挑衅，为正义，冲敌阵。豪气凭虎胆，壮怀激奋。血染战图千百里，魂归霜剑终一刃。颂英雄，愿世界和平，昌国运。

注：格律依北宋著名词人苏轼《满江红·江汉西来》体。

江城子·钟南山

庚子岁，抗疫感怀。

神州庚子疫情牵，闭家园，困新年。荆楚犹堪，看百业维艰。为抗疫情吹号角，驱祸患，灭狸烟。　　英雄岂畏远征难？破重关，卫河山。不老夕阳，尽驻九州颜！待扫风平浊浪去，擎旭日，共婵娟。

注：格律依北宋著名词人苏轼《江城子·凤凰山下雨初晴》体。

作品发表在中国作家网、中华诗词网、中国诗歌网等网络平台，以及《河南文学》（双月刊，2020 年第 6 期/总第 13 期）和《佛山日报》等杂志报纸。

定风波·武 汉

庚子岁，抗疫感怀。

翠柳斜斜燕子归，浪头拍岸弄潮回。且问江城君尚好？捷报！东南西北有钟馗。　料峭春风晴放雁，心暖。楚河汉界为谁围？展望神州千万里，情寄，同舟共渡济安危。

注：格律依北宋著名词人苏轼《定风波·莫听穿林打叶声》体。

作品发表在中国作家网、中华诗词网、中国诗歌网等网络平台以及《河南文学》杂志（双月刊，2020 年第 6 期/总第 13 期）。

风入松·驰援湖北

庚子岁，抗疫感怀。

桃符失色黯无春，风雨闭谯门。关山客路愁荆楚，疫情窜，如盖残云。郁郁江城雾锁，泱泱社稷乌喑。　　梅花寄鹤剑游魂，庚子战昆仑。獗流毒犟何足惧？火霹雳，雷电如神！月照山川异域，风清经纬乾坤。

注：格律依南宋词人吴文英《风入松·听风听雨过清明》体。

作品发表在中国作家网、中华诗词网、中国诗歌网等网络平台，入选《中华情全国诗歌散文作品选集（第六卷）》（中国文化出版社，2021 年 3 月版）、《河南文学》杂志（双月刊，2020 年第 6 期/总第 13 期）刊发。

浣溪沙·封城记

庚子岁，抗疫感怀。

陌上春风岭上梅，寒枝着蕊燕低飞。奈何游客困深闺。　恨乃疫情添祸乱，勇为国难战毒魁。总归携手看花回。

注：格律依晚唐诗人韩偓《浣溪沙·宿醉离愁慢髻鬟》体。

作品发表在中国作家网、中华诗词网、中国诗歌网等网络平台以及《河南文学》杂志（双月刊，2020 年第 6 期/总第 13 期）。

鹧鸪天·英雄帖

庚子岁，抗疫感怀。

绿水春旗杨柳飕，酒埕封盖且先留。神兵杀疫追千里，天使施援济九州。　　思社稷，解民忧。东风不怨孔明谋。待将将士归来日，不醉千钟不罢休！

注：格律依南宋将领、文学家、豪放派词人辛弃疾的《鹧鸪天·壮岁旌旗拥万夫》体。

作品发表在中国作家网、中华诗词网、中国诗歌网等网络平台以及《河南文学》杂志（双月刊，2020 年第 6 期/总第 13 期）。

青玉案·神州抗疫

庚子岁，抗疫感怀。

阴霾笼罩沉疴恶，染社稷，耽疾苦！何惧流毒馋饿虎？全民战疫，施援荆楚，魂为神州铸。　　春风只管凌波去，莫恋川前燕飞舞。煦色韶光花万树。江山锦绣，长弓引弩，直向云天翥！

注：格律依北宋著名词人贺铸《青玉案·凌波不过横塘路》体。

作品发表在中国作家网、中华诗词网、中国诗歌网等网络平台以及《河南文学》杂志（双月刊，2020 年第 6 期/总第 13 期）。

满江红·黄鹤楼赋

庚子岁，新型冠状病毒肺炎肆虐神州大地并在全球泛滥。有感于中华儿女奋勇抗疫，特作诗词以表致敬！

黄鹤楼前，长江水，东流滚滚。岂曾想，洲空鹦鹉，饮毒成鸩。春日暖阳花正好，世间风物谁堪损？对人事，天地岂无情？凭心问！　　云悠处，飞天隼，战瘟疫，除疾躏。看山川异域，九州同赈。不老青山白为雪，岂容恶雨黑压郡？为江城，为我大中华，长弓引！

注：格律依北宋苏轼《满江红·江汉西来》体。

黄鹤楼，位于湖北武汉，地处蛇山之巅，濒临万里长江，为武汉市地标性建筑。始建于三国吴黄武年间，历代屡加重修，因唐代诗人崔颢登楼所题《黄鹤楼》一诗而名扬四海。与湖南岳阳楼、江西南昌滕王阁并称为“江南三大名楼”，是“中国十大历史文化名楼”和“中国古代四大名楼”之一，世称“天下江山第一楼”。

作品发表在《河南文学》（双月刊）2020 年第 6 期（总第 13 期），以及中国作家网、中华诗词网、中国诗歌网、《广东诗人》《佛山日报》等书报杂志网媒微刊。入选《中华文典——2023 中国作家诗人作品年鉴》。

满江红·岳阳楼赋

前望君山，城楼下，洞庭浩渺。千百载，巴陵烽火，岳阳夕照。醉后凉风回袖舞，曲终帝子凭栏悼。夜漫漫，月引雁归巢，孤舟钓。　　丹青笔，云霞稿，唱忧乐，千秋表。看文章气象，自成其妙。天下可堪为己任，江湖纵远知恩报。社稷重，重在为民生，怀温饱。

注：格律依北宋著名词人苏轼《满江红·江汉西来》体。

岳阳楼，位于湖南岳阳的洞庭湖畔，前望君山，下瞰洞庭。始建于东汉，历代屡有重修，为全国重点文物保护单位。曾名“阅军楼”“巴陵城楼”，与湖北武汉的黄鹤楼、江西南昌的滕王阁并称为“江南三大名楼”，同时也是“中国十大历史文化名楼”和“中国古代四大名楼”之一，世称“天下第一楼”。因北宋官员滕宗谅（别名滕子京）重修岳阳楼并邀请好友范仲淹（北宋著名的思想家、政治家、文学家）作《岳阳楼记》而使岳阳楼著称于世。

“醉后凉风回袖舞，曲终帝子凭栏悼”，分别化用李白（唐）《与夏十二登岳阳楼》和滕宗谅（北宋）《临江仙巴陵》诗句。据史料记载，范仲淹本人没有登临过岳阳楼，凭着滕宗谅寄给他的一张《洞庭秋晚图》，借景喻情，最终写下了“忧乐天下”民本思想的传世名篇《岳阳楼记》。入选《中华文典——2023 中国作家诗人作品年鉴》。

满江红·滕王阁赋

故郡洪都，闻于世，滕王阁序。犹可仰，长天秋水，落霞孤鹜。雁阵惊寒声断浦，客乡落难足失渡。语中谶，天亦妒英才，谁能卜？　　千百载，文不古，游名胜，读名句。多情应笑我，梦曾相遇？吾问醇乎都府酒，君言苦矣滕王婿。笑便是，若不露锋芒，何来赋？

注：格律依北宋著名词人苏轼《满江红·江汉西来》体。

滕王阁，位于江西南昌，地处赣江东岸，为南昌市地标性建筑、豫章古文明之象征。始建于唐永徽年间，为唐太宗李世民之弟滕王李元婴任江南都督时所建，历代屡加重修。因初唐诗人王勃所作《滕王阁序》而闻名于世。与湖南岳阳的岳阳楼、湖北武汉的黄鹤楼并称为“江南三大名楼”，是“中国十大历史文化名楼”和“中国古代四大名楼”之一。

王勃（650—676），字子安，唐朝文学家，为“初唐四杰”之首。六岁能文，被誉为“神童”，十六岁及弟入仕，授朝散郎、沛王府文学，后因写《斗鸡檄》及私杀官奴而二次被贬。上元三年八月自交趾探望其父返回时渡海溺悸而死，时年二十七岁。擅长五律和五绝，著有《王子安集》《滕王阁序》等。入选《中华文典——2023中国作家诗人作品年鉴》。

雨霖铃·东方雄狮

2020年9月3日，为纪念中国人民抗日战争暨世界反法西斯战争胜利75周年而作。

春花秋月，大江东去，岁岁霜雪。泱泱神州大地，光辉璀璨，星文圭臬。试看英雄庚子，岂容疫情虐？更不论，一众西夷，胆敢来侵誓将灭。　　铁血战士三军跃。卫长空，海陆皆磨钺。雄狮岂再昏睡？须振奋，复兴邦业。筑梦中华，加速腾飞，必谋韬略。便纵有，美帝之流，可撼吾山岳？

注：格律依北宋著名词人、婉约派代表人物之一柳永《雨霖铃·寒蝉凄切》体。

星文圭臬，典出黄佐《乾清宫赋》："揆日晷，验星文，陈圭臬，挈于轮。"庚子之年，中国不平凡，世界不太平。新冠肺炎肆虐全球，中华大地迅速发起全民抗疫战争并取得令世人瞩目的成果。

中国散文网、世界诗人大会中国办事处、中国诗书画家网、中华诗词网、人人文学网和华夏博学国际文化交流中心等机构联合举办的第六届"中华情"全国诗歌散文联赛颁奖大会于2020年12月18至21日在三亚举办，为期三天。本作品在此次大赛中荣获全国金奖、最美诗歌奖，本人被授予全国诗歌散文先进工作者称号，并应邀出席了在三亚举办的颁奖盛典。来自全国各地的专家、学者和获奖作家代表共60余人出席盛会。大会组织与会作家先后到天涯海角、鹿回头等景区和名胜游览采风，并开展了创作交流、辅导讲座、文艺联欢等活动。在获奖诗人、作家交流会上，本人上台朗诵了自己的获奖作品，并畅谈了自己的创作历程和创作体会。作品收录并发表在中国作家网、中华诗词网、中国诗歌网、中国散文网等网络平台，入选《中华情全国诗歌散文作品选集（第六卷）》（中国文化出版社，2021 年 3 月版）。

水调歌头·公车上书赋

丁酉岁秋，访佛山南海康有为故居并游丹灶仙湖及西樵山寄怀。

拒马关之辱，奏变法之牍。公车进谏群涌，慷慨万言书。赔款白银两亿，割让辽台等地，岂做卖国奴？国破家何在，赴难有鸿儒！　　东方朔，三千简，不曾辜。英明汉武，谁比？华夏正踌躇。变法拒和练兵，教士强学雪耻，执意画蓝图。主事“康南海”，“百日”遣遗珠。

注：格律依北宋著名词人苏轼《水调歌头·明月几时有》体。

康有为，别称“康南海”，广东南海丹灶人。中国晚清时期重要的政治家、思想家、教育家，为资产阶级改良主义的代表人物。

光绪二十四年（1898 年）六月十六日，光绪帝在颐和园勤政殿召见康有为，任命他为总理衙门章京，准其专折奏事，筹备变法事宜，史称戊戌变法。光绪二十四年八月初七（1898 年 9 月 21 日）凌晨，慈禧太后宣布“临朝听政”，光绪帝被软禁，戊戌六君子被杀。九月初十（10 月 24 日），康有为经由吴淞、香港逃亡到达日本，后又辗转多国。1927 年，于青岛病故。百日，指百日维新，即戊戌变法。

公车上书，典出《史记·滑稽列传》。据载，汉武帝时，齐地人东方朔学富五车，满腹经纶。他到长安后，往公车府向皇帝上书，共用了三千个木简。武帝要用两个月的时间才能读完其奏章，但读罢仍然龙颜大悦，还下令任命其为郎官。汉制规定，吏民上书言事均由公车令接待。故，有此称。

满江红·中国玉山赋

华夏之珠，台湾岛，玉山耸卫。犹自是，巍峨浴雪，黄石荟萃。气势霄悬天外剑，磅礴浪卷山中鬼。向旭日，眺大海苍茫，风云退！　　夏商载，东吴会，隋唐宋，元明遂。收复匡大义，郑公无畏。甲午腥光惊返照，马关耻辱多蒙晦。鉴于史，两岸一家亲，神州美。

注：格律依北宋著名词人苏轼《满江红·江汉西来》体。

玉山，为中国十大名山之一，位于中国台湾省中部，北起三貂角，南接屏东平原，绵延约300公里。玉山主峰位于北回归线以北2.3公里，海拔高度3952米，是中国东部最高峰。玉山气势磅礴，雄踞一方。冬季积雪，远望雪白如玉，景色优美，“玉山积雪”因而成为台湾八景之一。玉山出产一种黄色的地方玉石，颜色纯净无杂质，有的澄净如冰，有的浓郁如糯米汁，因为其颜色像橘子肉而被称作“橘子石”。

词句中，“山中鬼”，是指日本占领我国台湾期间，曾多次派出人员登上玉山非法开展勘察测量活动，日本天皇甚至下诏将玉山改名为其所谓的“新高山”，侵略者的嘴脸和本性暴露无遗；“收复匡大义，郑公无畏”是指民族英雄郑成功收复台湾的英勇壮举和历史事件。

五　律·四君子咏怀

梅来春尚早，
菊晚未及开。
纵负东风意，
不失君子怀。
兰香幽月谷，
竹色沁河台。
不在花冠大，
堪作百年栽。

七　律·樵山江月醉寄

庚子暮秋，夕阳西下，携伴登佛山南海西樵山眺望西江、太平沙岛及周边景色，并于傍晚在山顶酒馆亭中与友人醉饮而眠。阵风吹过，忽然梦醒，感怀而作。

平沙落雁几传书，

南海之舟尚在途。

风雨云山诗半世，

渔樵江月酒一壶。

花明秋色波潋滟，

柳暗笛声梦婧姝。

未报梅红霜已染，

心含碧血化浮图。

注：婧姝，此处形容梦境之娴静而美好。西樵山，濒临中国第四大河流——西江，为广东“四大名山”之一，是著名的宗教文化、理学文化、石器文化、旅游文化名山。

七　律·客天下

祖源古邑秦河洛，

百越和辑颂赵佗。

华夏遗风中土客，

雄关漫道岭南歌。

珠玑尽染沧桑月，

石壁犹悲铁血戈。

筚路山林蓝缕闯，

波澜巨史写磅礴。

注：秦始皇统一六国之后，开始派兵进驻和整治岭南百越之地。秦末大乱之时，守将赵佗趁机割据并建立南越国，实施“和辑百越”政策。西晋末年，发生“永嘉之难”。这两次历史事件，先后拉开了秦晋中原大地先民大规模南迁的序幕，开创了客家文化波澜壮阔的历史长河，形成了后来遍布海内外的亿万客家人。

带着黄河文化、河洛文化，这些中原儿女在世界各地开枝散叶，繁荣兴盛，并逐步形成了当前中华民族独具特色、影响深远的客家文化现象。客家祖源地古都洛阳，以及赵佗南越国原辖地等区域现存诸多的古迹遗址，无不见证了客家先民南迁的壮举。珠玑、石壁，分别位于粤北，或闽赣交界处。晋、唐时中原战乱，不少中原先民为躲避战乱来此或又经此地迁徙至其他地方，故又有南方客家祖地之谓。

五　绝·咏　梅（两首）

一

不待东风渡，

悠悠染雪霜。

浑然留正气，

天地有芬芳。

二

雁去春还早，

云光似雪华。

岭南无所寄，

清瘦是梅花。

七　绝·登梅岭戊子遣怀

山中应是梅枝好，

骨朵铮铮似铁擎。

寂寞寒林犹自在，

任他春夏与秋冬！

七　律·张家界

湖南张家界之丁酉仲秋游赋。

石峰万仞荡云烟，

飞瀑流泉绕洞天。

八百红尘空念想，

三千锦绣隐桃源。

梦中精卫填沧海，

画里梵高涂麦田。

客旅若能逃俗世，

张家界上自成仙。

注：精卫填海，为古代中国神话传说。文森特·梵高，十九世纪中后期荷兰后印象派著名画家。代表作有《星月夜》、自画像系列、向日葵系列，以及《乌鸦群飞的麦田》《麦田守望者》等几十幅关于麦田的系列作品。

五 律·壬申冬北国梅园寄

壬申冬，北京之旅期间，前往北京中山公园梅园雪中赏景。观梅触景，留恋、怀念曾经在梅园深情与共的美好时光。

今又花红泪，

风儿裹雪飞。

思君追梦愿，

试目待殷梅。

月下依依去，

山前缓缓归。

寒香谁与醉，

烛蕊也成堆。

七　律·中秋夜寄

广寒盈袖桂香飘，

仙阙岂知尘世遥？

似此秋光非此岁，

如今月色是今宵。

荻花瑟瑟扁舟动，

雾晦茫茫碧水妖。

海角明珠轻入梦，

天涯红日醉临潮。

七　律·珞珈山遇狐

珞珈毓秀东湖美，

彩凤鸣桐景满园。

三色狐仙惊邂逅，

几回夜梦醉流连。

但教媚眼酬温爱，

或许痴心涉小观。

荆楚风流知翰墨，

樱花道上遇奇缘。

注： 戊戌初冬傍晚，因公干带队赴鄂与武汉大学马克思主义学院领导及专家团队开会并一起在校园参观。宾主一行在珞珈山上的小观园巧遇一只红身黑白间尾的三色狐。

据学院的领导介绍，原来校内有一对同样是红身多色狐狸长年在珞珈山一带活动，与校内师生和谐共处，大家亲切地唤它们为狐仙，并分别为之起名叫珞珞、珈珈，后珞珞不幸因车祸殒命。因此，近些年只能偶然见到珈珈那孤独、寂寞的身影在附近徘徊和出没。故事传奇，缠绵悱恻，实在是动人心弦。

诗文中涉及的珞珈山、东湖、梧桐树、三色狐（珞珞、珈珈）、小观（园）、樱花大道等，均为武汉大学及周边地名或物景。

七　律·登巫峡口轿子岩

丁亥夏秋之交，乘游轮游长江三峡，途经巫峡口，登轿子岩赋。

钥锁荆襄九曲连，

扶摇直上看长巅。
气腾雾绕藏突兀，
波卷渊吞引委延。
滴韵流金叠翠谷，
寻山问水觅神仙。
日出云海巴东醉，
梦里依稀宋玉言。

注：巫峡，为万里长江第一峡，西自巫山。委延，意为“曲折蜿蜒”，出自唐代孙樵的《龙多山记》。“滴韵流金叠翠谷”“日出云海巴东醉”两句，含巫峡“八景”等名胜中的多个著名景观，如江峡流金、红叶滴韵、千山叠翠、巫峡云巅、巴东日出。宋玉，乃楚国士大夫，辞赋家，作有《神女赋》等名篇，曾与楚襄王共游巫山并有“巫山云雨”之神话传说。

作品发表在中国作家网、中华诗词网等网络平台，以及由国际诗歌网主办的《华人文学》杂志。

五　律·登临剑门关

入关登剑阁，
南郑寄蹉跎。
取蜀金牛道，

仰天黑峻峨！

旌旗何处看，

铁血几回歌。

固守凭殊险，

兴亡逸事多。

注：剑阁，为剑门关别称。南郑寄蹉跎，意指陆游因北伐无望，壮志难酬，只好以诗寄怀——衣上征尘杂酒痕，远游无处不销魂。此身合是诗人未？细雨骑驴入剑门。金牛道，为古蜀道别称，史传蜀国因金牛道而被秦灭之。仰天黑峻峨，意指仰面迎来的是遮天蔽日的巍峨山体，犹如一座座黑压压的庞然大物挡住了去路。唐代李白《蜀道难》诗有云："噫吁嚱，危乎高哉！蜀道之难，难于上青天。"

五　绝·阳江闸坡

己亥仲夏，粤桂自驾游之阳江闸坡赋。

闸坡晒客迟，

日落海陵西。

赤暑虽难耐，

浅潜犹可痴。

注：海陵岛，位于粤西阳江海域。是国内"十大美丽海岛"之一，闸坡为海陵岛西部旅游重镇，拥有十里银滩等滨海天然大浴场。

五　律·己亥仲夏北海涠洲岛赋

赤日咸风著，
滴水弄丹屏。
误入蓬莱岛，
乐游魔幻城。
蚀积滩景彩，
曜绽夜珠明。
既作涠洲客，
无虚北海行。

七　绝·北海银滩

己亥仲夏，粤桂自驾游之旅于北海银滩感怀。

长滩涌动潮头客，
夏日风光海上生。
浪里千寻游乐梦，

横波拍岸醉滨城。

七　绝·北　流

己亥仲夏，粤桂自驾游玉林北流赋。

客访玉林一驾游，

随心过省几穿州。

风情不与人惆怅，

圭水回龙向北流。

注：北流，为县级市，隶属广西玉林。圭水即圭江，乃北流市母亲河。该地因地势南高北低，河流在蟠龙镇迂回向北而得名北流。

七　绝·大容山

己亥仲夏，粤桂自驾游玉林大容山赋。

莲花擎日横峦翠，

云岭飞潭九瀑遄。

别有瑶池宫苑外，
禅台尽望桂东南。

注：大容山，是一座历史文化名山，被南汉高祖刘龑封为“南方西岳”。其中，有“封禅台”等历史遗址坐落在气势磅礴的大山顶上。主峰莲花顶海拔 1275 米，位于广西玉林境内，为桂东南最高峰。山上有九瀑潭、仙湖、莲花瀑布等景观。

七　律·博　鳌

龙泉水涌汇三江，
渔捕硕丰当海量。
玉带滩头椰子茂，
莲花墩上菡风香。
论坛济济高峰会，
物埠源源乐客商。
莫问天涯何处去，
不觉自驾到鳌乡。

注：2020 年 12 月中下旬，应第六届“中华情”全国诗歌散文联赛组委会的邀请，携伴千里自驾前往海南三亚出席大赛颁奖盛会。12 月 18

日凌晨，经琼州海峡并过海口，上高速一段时间后在定安一高速服务区稍作休息，早上自高速抵达琼海进入博鳌作短暂停留。这是第三次到博鳌旅游或途经此地观光游览，博鳌论坛及博鳌海上风光盛名蜚声国际。

博鳌，意为鱼类肥美丰产之地。传说，鳌是南海龙王敖钦女儿“小龙女”的儿子，又称为“鳌龙”。相传古时，小龙女母子不被龙王接纳，鳌于是兴风作浪，与观音斗法并被降服。博鳌有三江，即万泉河、龙滚河、九曲江。玉带滩、莲花墩等地名或景点，皆与传说中的典故有关。

五　律·三　亚

日落回头处，

鹿为三亚神。

天涯留倦客，

海角洗红尘。

月照礁滩近，

浪滔天海深。

风花轻入梦，

诗酒寄椰林。

注：2020年12月18日至21日，第六届“中华情”全国诗歌散文联赛颁奖大会在三亚举办，为期三天。本人词作荣获全国金奖、最美诗歌奖，并应邀出席在三亚举办的颁奖盛典。大会组织与会作家先后到天涯海角、鹿回头等景区和名胜游览，并开展了采风、创作、交流等活动。

七　绝·鹿回头

山海风情眼底流，
呦呦鸣处鹿回头。
天涯倦客愁何在？
日月波光不胜收。

七　律·庚子冬粤琼自驾游蜈支洲岛赋

桫椤龙血遗高古，
陡岸嶙峋壮海观。
玉带天成沙遏浪，
岛环蝶状廓临湾。
烟波幻影垂夕暮，
鸥鹭忘机游客欢。
几叶轻舟飞似箭，
汪洋一片任凭栏。

注：蜈支洲岛，岛形成一巨大的蝴蝶状。岛屿山丘上灌木繁茂葳蕤，

其中不但有从恐龙时代流传下来的桫椤，还生长着迄今为止地球上留存下来的最古老植物、号称“地球植物老寿星”的龙血树。桫椤、龙血，均为古生植物遗存物种。鸥鹭忘机，为用典。

七　绝·己亥春寄（十二首）

岁岁新华

去年秋日风凋碧，
今岁春发陌上花。
此景年年成往事，
却教岁岁有新华。

落花醉月

云亦悠悠夜亦悠，
凭栏醉倚月西楼。
不知花落春还在，
但见红英共水流。

春风入梦

几度春风吹月夜，

桃溪清静水悠悠。
似痴如幻杯中影，
梦里飞花醉耋头。

回乡过年

月载归途心似箭，
鬓霜花发照年华。
近乡犹怯行车慢，
恐到堂前日转斜。

除夕夜赋

己亥除夕春始立，
银花烟火爆竹鸣。
毻头拱户年光好，
乡客亲朋载酒蒸。

己亥立春

玉梅初盛杏花新，
梦入江南正是春。
落日啼莺枝上舞，
今朝昨夜两年人。

银花夜放

萼英几盏新桃放，

撩盎百花连日开。

莫道东风今岁早，

除夕一夜立春来。

春日暖阳

绮户桃符喜气迎，

几声捣梦啭啼莺。

风花但晓阳春月，

乍暖还寒已过冬。

月夜观梅

枝头风定花堆雪，

山外月明云海深。

落夜玉梅留醉客，

满园香气满园春。

上元节赋

宵红欲醉春风动，

火舞星河漾桂华。
月照壶光十里转，
清晖夜放一夕花。

春风初盛

春风初盛树千花，
阔水轻舟棹浪斜。
杨柳依依风缓缓，
一堤嫩绿一夕霞。

回乡过清

雨霁岚新四月清，
风云花色日澄明。
景回年复时光换，
梓地春芳为梦萦。

七　绝·立　春

柳翠莺啼蝶弄舞，
平沙隔水望樵山。

闲云欲寄心头雁，
只晓花开不晓年。

七　绝·雨　水（两首）

一

东风解冻暖还寒，
鸿雁回飞二月天。
草木萌生春雨细，
黄昏陌上杏花鲜。

二

燕舞东风御柳斜，
烟云春水杜鹃花。
忽来山雨摧枯木，
几处清香几树芽。

五　律·惊　蛰

万物阳和动，
众生开暖瞑。
虫鸣蒲草盛，
桃竞李花迎。
水镜明山色，
风雷骤雨惊。
启蛰因气至，
布谷舞仓庚。

七　绝·惊　蛰

春晓飞花风送雨，
衔泥新燕舞惊雷。
作巢挽栋村屋背，
绕树几回结伴归。

七 律·春 分

樵山几度桃花雨，
春色满园春半分。
销骨香泥红粉垒，
忘情春水涨江奔。
平沙宿雁寻芳甸，
西岸流萤入翠林。
日暮乱红埋醉梦，
江天明月寄浮沉。

七 绝·清 明（两首）

一

恻恻介休杨柳风，
寒食吹醒入清明。
霜花成挽愁千古，

繁梦流年祭落英。

二

千古绵山炙柳休，
长风寄雨挽春秋。
芳菲四月人间尽，
煞费清明介子愁。

五　律·谷　雨

云淡日晴和，
鸟啼闻似歌。
清明茶正好，
谷雨酒还多。
日落村烟起，
月移花影挪。
阑珊春意里，
西岸柳垂河。

七　律·谷　雨

气象晴和云淡淡，
水光山色鸟啼啼。
茗香正好清明后，
醅绿方醇谷雨时。
日落村烟江上暮，
月移花影梦中痴。
踏青尚在流连处，
春事阑珊莫道迟。

七　绝·谷　雨（三首）

一

绿阴深处春将尽，
岁入阳和百谷生。
烟桥水巷浮萍雨，

杨花飞絮子规鸣。

二

四月和风催谷雨，
繁花次第水烟光。
杜鹃滴落残阳血，
且染牡丹和海棠。

三

雀言春语光阴醉，
日晓风情物候新。
紫陌追蝶临涧舞，
疏篱把盏对花吟。

七　律·辛丑高考日寄莘莘学子

漫卷诗书深有韵，
十年辛苦寄前程。
月移花影寒窗晓，
蝶跃粉身金榜生。

打马春风飞日度，
扶鹏瀚海摄沙鸣。
层楼更有层楼上，
万丈云天自任征。

七　绝·雨夜醉归

风情似酒雨轻吟，
花海有尘潜入心。
雪里新梅曾醉梦，
月穷谁见夜归人？

七　绝·月夜醉归

月清如酒焕英姿，
亮照容情晓醉时。
前路崎岖何所谓，
步伐豪放自心知。

七　绝·年后驾车离乡返禅

故园回望去匆匆，
车水迢迢过马龙。
春往春回归又去，
乡心客道系峥嵘。

七　绝·三江源

癸巳秋，从新疆喀什公干后乘飞机返回广州途经三江源区域上空，俯瞰中华水塔浩荡气势即兴咏怀。

高古冰寒凝冻土，
甸湖湿地哺三江。
通天水塔昆仑去，
浩荡中华万里疆。

注：三江，指长江、黄河、澜沧江。皆源于青藏高原腹地，三江源流域有“中华水塔”之美誉。

七　律·白帝城望怀（外四首）

丙戌夏秋之交，乘游轮游三峡过瞿塘，登白帝城而兴赋。

山色水光相与生，
云流日淡总和情。
突闻一度江笛响，
遥望几回洲草青。
寻梦还留白鹭渚，
落花更念赤沙汀。
相思岸上垂杨柳，
往事成风送月明。

注：白鹭渚、赤沙汀分别指瞿塘峡两岸耸立的白盐和赤甲两山。

亮剑喀喇昆仑

2020年8月1日，是中国人民解放军“八一”建军93周年纪念日；9月3日，是中国人民抗日战争胜利暨世界反法西斯斗争胜利75周年纪念日。为悼念和缅怀在“6·15”中印加勒万河谷边境冲突事件中牺牲的我边防官兵，有感而赋。

弦翻塞外蹄声碎，
马作的卢铁血腥。
醉里挑灯横看剑，
梦中吹角纵连营。
旌旗烈焰焚金甲，
鹰戟苍穹震曜霆。
瀚海长云疆万里，
神兵天降戍边征。

注：本作品的前半部分内容为增强诗作的渲染力，刻意运用了《破阵子·为陈同甫赋壮词以寄之》（南宋·辛弃疾）的诗词语句。庚子年，疫虐全球，国际形势风云莫测。在我国西部高原喀喇昆仑加勒万河谷一带，英雄的边防部队官兵不怕牺牲，殊死搏斗的壮举无不令国人为之敬仰和振奋！

端午汨水观龙怀古

碧艾蒸蒲香粽裹，
龙腾舟跃庆端阳。
千年忠义传荆楚，
万古遗风寄涉江。

沉醉半生悲壮士，
离骚一曲挽潇湘。
柔肠百捆今谁痛，
没月哀石汩水惶。

江南春寄

辛丑早春，山西大行山友人王主任来电问及何时再北上以诗相会，把盏一聚。感怀江南春好，赠诗一首。

春风留我江南住，
轩外喃呢紫燕飞。
君问佳期当未定，
花开暖日莫相催。
诗情引鹤排云上，
恣意临风把盏陪。
香雪梦中曾寄北，
月留山水一枝梅。

赤水夜望

深秋之夜，赤水之滨，故地重游，有感而赋。

叶落满城飞絮乱，

霜魂萦梦斗精神。

心涂月色珠帘背，

夜暗霓光碧镜阴。

莫问枝头花几许，

可怜杯尽酒无斟。

单衾一夜寒秋色，

江上数峰孰是君？

注：辛丑岁，本人参加国际诗歌协会、中华作家网、北京金诗艺术团、中国文学学会等机构联合举办的2021“李白杯”全国诗人节南京诗会暨第三届中华长江文学奖2021年度诗人奖全国大赛，获全国“十佳诗人”奖，并被授予“2021李白杯全国诗人”奖章。获奖作品包括《白帝城望怀》(外四首)。2021年7月19至21日，本人应邀前往江苏出席在南京举办的全国诗人节(南京诗会)和第三届中华长江文学奖年度颁奖盛典，现场即兴创作格律诗词两首，整个大赛活动共选送和创作诗词作品七首。

五首七律均发表在国际诗歌网主办的《华人文学》(2021年第1期)，以及中国作家网、中华诗词网等网络平台。其中，《白帝城望怀》《端午汨水观龙怀古》分别入选《第三届“长江杯”中国诗歌大赛获奖作品集》《中华辞赋》等媒体刊物。

七　律·南京诗会游总统府即兴怀古

滚滚长江东逝水，

钟山风雨起苍黄。
府衙宫殿空犹在，
敕治大朝兴罢亡。
天下为公谁谨守？
京陵封地几彷徨。
百年砥砺初心寄，
楫奋红船耀曙光。

注：诗文先后引用了明代杨慎《临江仙·滚滚长江东逝水》，以及毛泽东同志《七律·人民解放军占领南京》和孙中山先生“天下为公”之句。其中，“天下为公”最早出自《礼记·礼运》的“大道之行也，天下为公”一句。

七　绝·访红色故都瑞金

辛丑仲夏，应2021“李白杯”全国诗人节南京诗会暨第三届中华长江文学奖2021年度诗人奖全国大赛组委会的邀请，千里自驾，北上南京出席全国诗会和颁奖典礼。7月17日，途经江西赣州瑞金前往红井景区探寻革命先辈足迹，瞻仰革命先烈，缅怀老一辈无产阶级革命家丰功伟绩时所赋。

共和铁血染征途，

星火燎原忆故都。

红色旅游寻圣地，

豪情漫卷作诗书。

注：主要景点除闻名海内外的“红井”之外，还有中央执行委员会旧址（毛泽东同志旧居）、中央人民委员会旧址、中华苏维埃共和国中央人民委员会旧址、中国华苏维埃共和国第二次全国代表大会（中央政府大礼堂）会址、中华苏维埃共和国中央革命军事委员长会旧址、中共中央局旧址等四处全国重点文物保护单位，以及二十多个中央和国家有关部委旧址等。

五　律·黄山迎客松

辛丑仲夏，应2021“李白杯”全国诗人节南京诗会暨第三届中华长江文学奖2021年度诗人奖全国大赛组委会的邀请，千里自驾，北上南京出席全国诗会和颁奖典礼。7月17日晚途经安徽入住黄山汤口农家民宿，18日游黄山感怀。

气宇存经典，

临危但凛然。

客迎风雪里，

鹤立涧崖间。

不惑知神雾，

传奇写玉山。

洪荒天地在，

日月任凭栏。

注：黄山位于安徽省南部，为中华十大名山之一，有“天下第一奇山”之美誉。黄山迎客松是黄山亦是安徽的象征和地理标识，承载着拥抱世界的中国迎宾礼仪文化，是热情好客的象征。松，有傲霜雪而苍翠，立峭壁而挺拔之品格与气概。黄山迎客松在世人的传颂和仰望中已成永恒经典。其中松之“奇”为黄山“五绝”之一。“玉山”之说出自《山海经·西山经》，既是对秀丽山峰的美称，也传说是西王母所居之处，是古代传说中的仙山。

七　绝·黄山览胜

劲松迎客千峰立，

万众登临索道开。

三瀑五绝名胜在，

佛光云海梦蓬莱。

注：“三瀑”“五绝”，指黄山著名的九龙瀑、百丈瀑和人字瀑以及独特的“奇松、怪石、云海、温泉、冬雪”。佛光，是日出时与太阳相对方向的云层经雾区水滴衍射形成内紫外红的壮观景象，只要天气适合，黄山四季可见。

五　律·丙申春游杭州寄

花飞西子醉，
春晓绿苏堤。
烟雨寒山寺，
月潭香桂枝。
钱塘观景色，
客梦枕潮汐。
一曲江南忆，
吴宫舞酒旗。

注：忆江南，最忆是杭州。上有天堂，下有苏杭。2016 年仲春，由于被公派到浙江大学学习，我再次来到杭州并游览了西子湖、钱塘江、宋城千古情等风景名胜古迹。

七　律·辛丑仲夏自驾游杭州西湖赋

2021 年 7 月中下旬，千里自驾，应邀北上南京出席 2021“李白杯”全国诗人节南京诗会暨第三届中华长江文学奖2021年度诗人奖颁奖盛典。7月21日下午，诗会和颁奖典礼圆满结束后，驱车300余公里从南京赶往浙江杭州。于21日当晚至22日期间，游览西湖寄怀。

曛风游火流七月，
千里驾临楼外楼。
一片湖光收眼底，
几重山色载方舟。
荷香十里苏堤晓，
柳翠三伏碧水悠。
山外青山无限意，
诗中寻梦到杭州。

注：抵达杭州当晚住在景区附近山涧居民宿，第一时间到西湖楼外楼用餐，体验杭州特色美食。然后到西子堤上观赏风景。次日上午，继续前往西湖游览观光。面对湖光山色，突然灵光一现，诗句“山外青山无限意，诗中寻梦到杭州”脱口而出。此次千里自驾，注定要为杭州为西子湖再赋诗一首。

七　绝·千岛湖飞舟引怀

2021年7月，千里自驾，应邀北上南京出席2021

“李白杯”全国诗人节南京诗会暨第三届中华长江文学奖 2021 年度诗人奖颁奖盛典。在活动结束后的归途中，特意绕道千岛湖并于游览时以诗记之。

秀水迎宾千岛翠，
金腰束带一湖平。
飞舟遏浪群山去，
白鹭游风喊不听。

注：浙江千岛湖，位于杭州淳安，新中国成立后截新安江筑坝蓄水而成，内有千余座山岛，有“天下第一秀水”之美誉；在接近湖面的山腰处，每座岛屿（山体）均有一圈金黄色的裸露土层，当地人及游客美其名曰“金腰带”。

五　律·千岛湖龙山怀古

辛丑仲夏，在出席南京诗会并自驾 3600 公里，往返东南六省之粤、赣、皖、苏、浙、闽途中，专程到浙江淳安寻游千岛湖。7 月 22 日，游浙江千岛湖。

旧城寻不见，
浩渺一湖深。
海瑞祠踪在，
龙山古道沉。

斜晖余脉脉，
翠屿郁森森。
浦上飞舟去，
钟楼幻梵音。

注：龙山，为千岛湖中心湖区最大岛屿。岛山之上，历史古迹及人文资源遗存颇丰。有海瑞祠、石峡书院、半亩方塘、钟楼等景观。新中国成立初期，截新安江筑坝蓄水成湖后，淹没了贺城和狮城这两座千年古城。

七　律·辛丑重游武夷山寄怀

2021 年 7 月 23 日，武夷山故地重游寄怀。

二十五载两来回，
为念流霞酒一杯。
经世诗文当异禀，
贡坑茗荈若天醅。
红袍老树生岩壁，
暑气清溪绕翠微。
梦里似闻箫鼓响，
醉同君上赴夕晖。

注：流霞酒，是传说中的仙酒。出自东汉王充《论衡·道虚》，有“每饮一杯，数月不饥”之传说。箫鼓，借指中唐笔记小说《诸山记》所述武夷山典故里的“空中箫鼓”。君上，即武夷山神号，指武夷君。

五　律·辛丑秋登圭峰谒玉台寺寄

渺渺崖门水，
悠悠碧岭云。
一晨一日起，
一暮一夕沉。
诗酒菊篱梦，
风霜草木身。
南天归古刹，
山月入重林。

注：圭峰山，位于粤中江门新会城郊，南与潭江和崖门水域隔城相望，与崖山遥遥对眺。著名的崖门海战，是宋朝最后一场战役，直接改写了中国历史，影响重大而深远。耸立在圭峰山山腰之上的玉台寺，始建于汉朝，为广东四大佛教寺庙之一。寺内建有著名的镇山宝塔，该塔又称天王塔、喇嘛塔，是广东现存唯一的喇嘛塔，于清朝乾隆年间从外将之移置玉台寺并在20世纪末筑台座置今址，是省级文物保护单位。在寺庙近侧南天门牌坊上的正中位置题有“冈州第一峰”五个金色大字。冈州，为新会辖地之古称。

七　律·嘉峪关

铁马关山压险境，
祁连脊骨刺苍穹。
冰河落日长城月，
戈壁残云大漠风。
悦耳驼铃商客梦，
震天号角肃神兵。
金雕岂解边陲锁，
瀚海筑台嘉峪雄。

注：嘉峪关，号称“天下第一雄关”。地处甘肃西部，夹于祁连山和北山之间，扼河西走廊咽喉，地势险峻，是古代“丝绸之路”交通要塞。关楼建筑雄伟，素有“边陲锁钥”之美誉。

五　律·赋五羊石雕

1986年10月，在广州求学期间，游越秀山，观五羊石雕赋。

盘古开天地，

蛮荒锁岭南。

五羊腾越秀，

六穗佑加餐。

秦晋遗风土，

庶黎歌稷仙。

回眸瞻日月，

珠水绕花冠。

注： 五羊神话，是岭南地区广为流传的民间故事，为省级非物质文化遗产项目。五羊石雕坐落在广州市越秀山。五羊传说，是广州城市别名“羊城”的起源（广州，又称“花城”）。据考证，唐代已开始使用五羊称呼广州，而传说和故事则可以追溯到晋代的记载，五羊传说表现了中原先民开拓岭南的历史。六穗，指五位仙人各骑一神羊，且各以谷穗一基六出，留与先民。

传说，古时广州当地还十分荒芜，百姓过着原始的生活，经常吃不饱肚子。突然有一天，从天上出现了五位神仙，神仙骑着仙羊，仙羊嘴里衔着丰满的稻谷，降临这里。仙人把稻谷种子送给广州先民，教会他们种植粮食的技术。之后仙人腾空飞逝，五只仙羊化为石羊留在了这里。从此，广州便成为岭南最富庶的地方。

七　绝·辛丑春寄（八首）

辛丑春，因疫情留守佛山，未能返乡回粤东。遂独辟蹊径，寻游鹤山古劳、大雁山，以及南海九江、西岸等地郊外，以诗寄怀。

一

桃红花盛春风面，
月寄乡愁酒醉人。
梦里不知身是客，
惘然回首立黄昏。

二

一花一草一风姿，
一兽一鸟一唤啼。
一叶菩提一世界，
一城山水一城诗。

三

阶雾深深难探究，
暮春三月几回潮。
感怀人事今模样，
欲赶流烟散九霄。

四

月韵春秋花恐落，
风情万古月悠悠。
春风不度三秋月，
花冢销埋万古愁。

五

燕舞轻风杨柳绿，
春红醉了一城花。
万千尘梦无常属，
惟欠浮生几盏茶。

六

春江曲岸柳成烟，
潋滟清波绕甸间。
雾遏游舟花剪影，
画廊水镜醉凭栏。

七

春含风暖江南晓，

红杏初开点点韶。
淡淡相思烟墨醉，
繁芳留恋雨笙箫。

八

雀舞晴寒窗外语，
梦中风物枕春秋。
梅香染雪留清气，
醅绿可融花月愁。

七　律·粤东南天湖赏梅

南岭一枝春欲放，
天池碧镜鉴浮瀛。
琼台簌簌经风雨，
玉库幽幽引鹤鹏。
掬雪有香梅暗渡，
飞花未暖客频迎。
山中但任群芳妒，
几度梦回明月生。

七　绝·暮冬经梅园赴宴遣怀

暮冬临夜，应约前往朋友家赴宴。途经山坳梅园，恰遇暴风雨。想起晚上将会见到多年久未谋面的几位老朋友，突然酒意横生，感慨万千！

飞花碎落梧桐雨，
暮苑萧萧傲腊梅。
岂管横风他日起？
不妨今夜醉无归。

七　绝·春夜雨寄（两首）

一

夜雨当春无限意，
飞花入梦醉长风。
芳华几度寻三月，
总是相思最费情。

二

无月看花花亦好，

但眠雨夜梦争春。

动容为饮相思酒，

只道情长醉子衿。

七　绝·咏　梅

寒情晓梦寄东君，

不与争芳不篡春。

雪里飞花常自在，

更留清气染乾坤。

七　律·梅园醉梦

流霜簇锦画凝屏，

月色茫茫醉梦瀛。

岭上云英擎玉骨，

江滨神女烁珠晶。

酸甜一味和羹药，

寒苦三冬混太清。

寂寞星穹犹照夜，

人间惆怅自分明。

注：梅花，古时候是从南方引种到北方的。每年花开得早，花期往往跨冬春两季。耐寒，结子酸甜，为饮食中五味之首酸味的重要来源，是极佳的调味开胃之物，有“和羹”药之誉。云英，指白色的花。此处，意喻梅花。太清，指大自然。

江滨神女，化用中唐诗人王适《江滨梅》“忽见寒梅树，开花汉水滨。不知春色早，疑是弄珠人”句子中所述之典故。相传周朝郑交甫在汉江见两美女佩戴明珠，闪闪发光，十分喜爱，结果两位美女将珠子送给了他。当他取了珠子高兴地往回走的时候，忽然发现珠子不见了。于是回头一看，美女也不见了。他这才意识到自己遇见了仙女。梦里缥缈、漂亮的梅花，正如古时郑交甫江边遇见的珠女，美妙而又虚幻。

七　律·2022元旦颂怀

辛丑冬月，有感于习近平总书记在文代会、作代会上的重要讲话。

苍茫万里起昆仑，

浩荡九州华夏魂。

时代征程千载梦，

中国气派百年春。

扬鞭跃马传军鼓，

展笔挥旗战鬼瘟。

德艺人生歌正道，

抱得明月照丹心。

注：2021 年 12 月 14 至 17 日，第十一届文代会、第十届作代会在北京隆重召开，习近平总书记在大会上指出："新时代新征程是当代中国文艺的历史方位。"

七　律·过虎门大桥

丙申春，自驾返乡后自粤东往珠海，途经虎门大桥。缅怀民族英雄、爱国诗人文天祥和林则徐！

蛟龙横卧长虹贯，

珠水滔滔碧浪翻。

江阔天波朝日楚，

霞光晚照暮春澜。

英雄气盖零丁苦，

怒海烟销史册丹。

滚滚洪流奔铁马，

悲风载恨过滩关。

注：零丁，指零丁洋；滩关，指惶恐滩头。

七　律·韶山冲行赋

己丑国庆，韶山冲行缅怀毛泽东同志赋！

湘潭之子千秋颂，

歌起南湖唱九州。

寥廓寒秋曾记否，

雄关漫道亦谋筹。

征程万里西风烈，

铁血长城北雪飕。

神武挥师秦汉古，

豪情顿赋斥方遒。

注：怀着无比敬仰的激动心情，先后五次到访并徘徊于湖南韶山冲，拜谒毛泽东同志故居、毛泽东铜像、滴水洞，探寻毛泽东同志当年成长及革命的历史足迹，缅怀毛泽东同志毕生为革命为人民的高尚情操和丰功伟绩！

七　律·于都河口

于都河口红军渡，
万里征程意气昂。
策马游戈埋寇梦，
挥师反剿制敌狂。
湘江浴血旌旗猎，
赤水横刀铁索锵。
雪月追风寒草地，
关山挽箭射天狼。

五　绝·诗笔言怀

习诗从少小，
辍笔自无曾。
耕吏三分地，
拘蝇试虎缨。

注：习诗从少小，辍笔自无曾。忆年少，自就读小学三年级时便开始习诗。

七　律·罗浮山

本人曾先后三次登游罗浮山，此诗为戊戌暮春所作。

草木经春生万绿，
岁前留叶但凡红。
非花更比花堪似，
是景还教景不同。
梦境不求尘世事，
桃源为觅洞天翁。
九云放牧归仙阙，
醉纵罗浮亦寄情。

注：罗浮山，地处广东惠州博罗境内，道教南宗发祥地，有寺观庵庙多达百十处。古代不少名人如苏东坡等留有墨迹，被誉为“岭南首第”。宋太宗端拱元年间岭南第一位进士古成之曾在罗浮山隐居十余载，著有《罗浮诗集》《汤泉记》等。其诗《思罗浮》云：忆昔罗浮最上峰，当年曾此寄游踪。凭栏月色生沧海，散枕秋声入古松。采药静临幽涧洗，修书闲向白云封。红尘一下羁名利，不听山间午夜钟。

五　律·游金陵钟山

春游南京紫金山，与友人午宴后带着醉意和惆怅在雨中赏杏花而咏怀！

春潮带雨寒，
落尽杏花残。
惆怅江南梦，
寂孤山北烟。
思君空对酒，
醉我任凭栏。
清涧蝶双舞，
焉知不是仙？

注： 江南的烟雨，金陵山水的温柔，杏花落处一片凄迷。春风一度，相思无限。尽管看似一场平常的杏花雨，却在纷纷扬扬的花雨中分明承载着有情人的眼泪和她那飘落的心魄！

五　律・壬寅除夕

团圆年夜饭，
新岁爆竹催。
羁旅家山在，
系维屏幕挥。

红包知问候，
金虎祝生威。
料峭霜风里，
火炉诗酒陪。

五　绝·元　日

雪梅寒日开，
诗酒暖炉台。
一夜春风起，
柳堤新燕来。

七　绝·春　望

暮霭连江烟柳碧，
风花陌上鸟飞回。
沙洲隔岸云天下，
水墨丹青画翠微。

七　律·端午凭吊

地阔不容湘楚宽，
暑炎难化汨罗寒。
百般忠义千年仰，
一曲离骚万古瞻。
又庆端阳香粽裹，
还愁噩梦彩丝缠。
龙舟带雨垂杨柳，
酒共丹心把盏眠。

注：本作品先后发表在中国作家网、中华诗词网、《中华辞赋》（“五色新丝缠角粽”之端午节特别版诗词专号）等文学媒体。

五　绝·等父夜归

月逆屋堂背，
掌灯虚掩门。

风携松影动，

莫是夜归人？

注：记得20世纪七八十年代，家住粤东乡下半山腰。父亲是村里（当年称生产大队）的民兵营长，也兼任民政，经常到村委开会、办事，或者为村民纠纷做调解工作，有时为了劳作或到较远的地方干活谋生，经常早出晚归。一到晚上看不见走路的时候，我和家人就习惯地坐在家门口，掌着灯等他归来，生怕他跌倒，或者看不清家的方向。不远处山坳路旁的一些松树，夜色下只要被风吹动便总以为是父亲归来的身影，或者以为是他走路传来的动静。

七　绝·登华阳三峰坳

故园一坳望三峰，

岭背层峦雾里擎。

步纵龙钟人不醉，

团云如卷几山松。

七　绝·海棠怀思

云山漠漠天归雁，

何处乡关梦彩霞。

岁月风吹思念老，

海棠原是故园花。

七　绝 · 天上碧海奇观

浪碧蓝天一片海，

飞云澎湃涌心潮。

挪移画法乾坤大，

万里风流竞梵高。

七　绝 · 己亥仲秋闽中行梅园夜酌（两首）

梅园夜酌

雨落芭蕉客在身，

不知今夜向谁吟？

梅园兴起图一醉，

情寄三明酒自斟。

饯　别

几许酒醇情意盛，
夜央人去醉阑珊。
感言友谊千般好，
不负此行福建缘。

五　律·闽中行三明醉寄

2018 年夏秋之交，政协教科文卫考察组一行前往福建的三明、宁德、莆田等地参观学习，途中见闻有感。

三明赊月色，
异客向梅园。
把盏寻诗赋，
临风作酒仙。
戴云方丈梦，
闻道武夷山。
玳瑁无双艳，

白石入九天。

注： 三明市，位于福建中部；戴云、武夷、玳瑁均为福建山系；白石顶为福建第一高峰；方丈，为传说中的三大神山之一，是神仙居住的地方。

七　绝·饮　胜

空缸一饮非无酒，
而是点滴皆在乎。
醉浪横舟沧海寄，
诗心岁月捡遗珠。

注： 饮胜，为南方用语。粤语，为“干杯”之意。

七　绝·庚子南海军演赋

修我矛戈兮愤慨，
啸长空剑指南疆。
神兵百万投鞭渡，
战海扬眉御列强。

七　绝·九月帖

九月河山烟俱净，
欲来细雨不愁风。
落花劳岁沉香雪，
似水流年亦忘情。

注：九月的天空，就像给水洗过一样云烟俱净，一片清澈明朗。秋是收获的季节，树林子中熟落的带有白色的花和浓郁香味的果，犹如一簇簇芬芳的雪片，令人陶醉，让人忘情！

七　绝·七夕雷雨（两首）

一

柳斜雨暮花阴老，
照尽愁颜落晚妆。
萧木垂丝搔鬓角，
风凌还乱拽云裳。

二

横空欲雨乾坤裂，
声似风驰电掣悲。
言誓莫轻天地对，
九霄隐隐闪绝雷。

七　绝·题惠州西湖

丁酉春夏之交，重游粤东南惠州西湖咏怀。

江南江北多西子，
红瘦绿肥皆不愁。
若问谁家西子美，
惠州堪比与杭州。

七　绝·河源万绿湖

丁酉仲秋，携伴重游粤东河源万绿湖之舟上咏怀。

山环水绕踏青歌，
万绿湖中荡碧波。

不晓天河只在上，

梦成仙境醉蹉跎。

五　律 · 西樵太平沙岛夜宿寄怀

壬辰秋，夜宿南海西樵太平沙岛，远眺广东“四大名山”之一的西樵山以及西江之月寄怀。

渔樵闻问对，

江月见相邀。

把盏追神梦，

寻风舞醉潮。

乾坤分物我，

意气裹刘陶。

形上空同道，

无为世外高。

注：渔樵闻问对，以借用《渔樵问对》(北宋易理、儒道学家邵雍名著)之学说兴赋。刘陶，此处分别指中国两位古代人物，一位是魏晋名士、“竹林七贤”之一的刘伶；另一位是东晋末期南朝宋初的杰出诗人陶渊明。

七　绝·古劳田园山水（两首）

夏　游

岐甸寻芳闲日暮，
蝉嘶高盖树阴低。
黄梅熟落山前雨，
蝶舞红英不厌迟。

秋　游

雨消翠减云山老，
雀跃疏林陌上风。
遥看横岚天水暮，
斜阳铺落满江红。

注：古劳，位于粤中江门鹤山的西江之滨。其中，西江景观带、荷湖水乡、田园风光、茶山顶风景等无不令人流连忘返，是休闲、郊游、远足的好去处。此处风景秀丽，人杰地灵，是晚清著名武术家、咏春宗师梁赞，以及民国“影后”胡蝶等名人的故里。

七　绝·向日葵

辛丑“七一”，庆祝中国共产党建党百年华诞颂怀。

褐褐芳菲艳似焚，
满园色彩绘忠贞。
向阳一片丹心在，
铁血染成七月魂。

注： 向日葵，又称太阳花，乃七月之花魂和代表花。象征忠贞不渝、坚毅乐观、积极向上。

五　绝·昆仑山赋

丁亥岁，往青藏，过昆仑赋。

六月瑶池雪，
龙山赤凤鸣。

苍茫群玉里，

天地洞三清。

注：昆仑山，又称昆仑虚、昆仑丘，或玉山、龙山，有中国第一神山、万山之祖之尊。西起帕米尔高原东部，在中国境内横贯新疆、西藏之间，延伸至青海和四川，全长约2500公里。最高峰公格尔峰，海拔7649米。

相传，昆仑山的仙主是西王母，瑶池中的水是西王母用来酿制琼浆玉液的仙泉。昆仑山上，六月飞雪，因此形成瑶池映雪之奇观。赤凤，为《海内西经》中记载的昆仑凤凰，即《禽经》中的鹑鸟。群玉，指昆仑山中的玉珠和玉虚等峰，其山体外形亭亭玉立，传说是玉帝妹妹的化身。三清，为道教之玉清、上清、太清此“三尊”之神。

七　绝·樵月望怀

壬寅春日傍晚，登西樵山望西江月寄怀。

风雨云山诗半世，

渔樵江月酒一壶。

苍茫无力乾坤在，

宽窄有时当不辜。

注：西樵山，位于佛山南海，濒临中国第四大河流——西江，为广东

“四大名山”之一，是著名的宗教文化、理学文化、石器文化、旅游文化名山。

七　律·北戴河

乙酉金秋，于北戴河登联峰山望怀。

为寻远望登高处，
直上莲台看日升。
将帅山中多韵事，
文章天下几枭雄？
秦皇岛上观沧海，
北戴河边觅古踪。
一片汪洋都不见，
东方但有太阳红。

注：莲台，指联峰山，因其状似莲蓬，又称莲蓬山。枭雄，意指东汉末年三国中的曹操，即魏武帝，其作有著名诗篇《观沧海》。一片汪洋都不见，引用、摘自毛泽东同志诗词《浪淘沙·北戴河》。

七　律·夔门悼杜甫怀古

丁亥夏秋之交，游长江三峡瞿塘赋。

白帝城台白帝古，
帝城空有帝城台。
风寒老病愁猿啸，
雨瑟孤舟敝草哀。
望岳当年曾意气，
登高今岁却徘徊。
夔门天下一绝叹，
不尽长江滚滚来。

注：白帝城、夔门，为长江三峡之一瞿塘峡的著名景点。望岳、登高，指诗圣杜甫的两首著名诗作。其中，《登高》被誉为古今“七律之冠”，于“安史之乱”结束四年后唐代宗大历二年（767 年）秋天创作于夔州白帝城高台。不尽长江滚滚来，为引用杜甫诗句。

七　律·中华南北天柱两峰览胜（两首）

南天柱山

（安徽安庆）

万壑千岩一簇立，
天池丹瓮两相挟。
云开幽谷堆晴雪，
雾掩危崖步冷阶。
仙鹊拱桥悬壁峭，
涧烟飞瀑落夕斜。
试心不在高台上，
游剑未曾着铁鞋。

北天柱山

（山西忻州）

龙泉饮水踏歌行，
香殿诵吟心在听。
空旷曦晖霞万丈，

寂沉钟鼓雀无声。

仙君弘法王母访，

林海扬波雾霭腾。

三水交融一柱起，

将军骁勇立天擎。

注：南天柱，位于安徽安庆潜江西部山地，又名皖山等，是安徽省的简称“皖”的由来。山体多由混合花岗岩构成，以雄、奇、灵、秀著称。天池、丹瓮，为南天柱主峰奇观。天柱晴雪，是南天柱著名一景。仙鹊拱桥，是指因流水切割和重边崩塌而形成如拱如虹的穿崖，是南天柱一绝。试心台，指景区山上高耸的试心桥、试心崖。唐代白居易等文人墨客曾在此题诗留赋，古近代著名石刻颇丰。

北天柱，位于山西忻州静乐城南，坐落在汾河、碾河、洋河之三水交汇处，因北魏天柱大将军尔朱荣封号而得名。有天柱龙泉、真武大帝弘法、王母石炕（仙床）、赵王池等著名景点及美丽传说和神话故事。唐·李白、宋·张商英、金·元好问等文学名家曾到访并留有诗文，历史文化底蕴厚重。

兰之篇

兰，在中国传统文化中是典雅、幽逸的象征。因其高雅、怡放的品格而被喻之为“世上贤达”，与“梅、菊、竹”并称“四君子”。既是君子之花，也是中国十大名花。

自古以来，人们就有育兰、赏兰、咏兰、画兰的喜好与雅趣。《孔子家语在厄》有云：芷兰生于深林，不以无人而不芳；君子修道立德，不以困劳而改节。正可谓：

风华明月清空谷，绰绰芳姿蕙若凝。
碧苑兰心君子梦，幽幽淡墨醉金英。

氤氲滴翠绕清流，一片素心合谷幽。
爱在林泉思皎月，风尘不染本无求。

——古博《七绝·咏兰》（两首）

渔家傲·致敬喀喇昆仑

致敬英雄庚子！致敬喀喇昆仑高原上的雪域神鹰！致敬并深切缅怀为保卫加勒万河谷英勇牺牲的中国边防军人！

塞上冰河风景古，金汤泣铁昆仑固。风雪界碑千嶂伫。横亘处，长空落日狼烟舞。　　碧血丹心霜剑铸，神鹰天降擒嚣虎。瀚海月明寒战斧。擂征鼓，岂教蛮虏关山度？

注：格律依北宋著名思想家、政治家、文学家范仲淹的代表词作《渔家傲·秋思》体。

作品发表在中国作家网、中华诗词网、中国诗歌网等网络平台。

忆秦娥·中秋夜寄

癸酉中秋夜，望月抒怀。

中秋夜，银盘如洗寒宫阙。寒宫阙，吴刚斫斧，桂花如雪。　故园小径愁难越，霜晨梦里思亲切。思亲切，情牵桑梓，一窗明月。

注：格律依唐朝大诗人李白《忆秦娥·箫声咽》体，又名“秦楼月”。

减字木兰花·自　勉

辛丑春，获聘为国际诗歌协会理事会副主席。应中华作家网、国际诗歌协会，以及中华作家联盟文学院、国际诗人文学院的盛邀，以词作自勉！

春骄杨柳，雪月风花皆物候。画意诗情，格调通灵境界生。　铅华洗尽，寒苦韬光犹隐忍。当勉为时，策马扬鞭自奋蹄！

注：格律依北宋著名词人欧阳修《减字木兰花·歌檀敛袂》体。

念奴娇·致岁月

春花夏日，与秋月冬雪，时光惊艳。千百次回眸梦唤，烟水银屏飞燕。把盏流光，镜花舞月，笑袖舒云卷。暖阳相伴，人间天上神眷。　　岁月不老风情，花开花落，莫负平生愿。醉寄枝头春尽绿，更恋红秋传绚。云水禅心，霜风鹤骨，淡把红尘看。写封情信，叠成冬雪一片。

注：格律依南宋著名词人辛弃疾代表作《念奴娇·书东流村壁》体。

鹊桥仙·飞天梦

悠悠宇旷，泱泱天梦。曾遣嫦娥奔月，更驱神箭揽星辰！舞霹雳，遨游霄阙。　　神舟壮举，风云叱咤。华夏旌旗猎猎！太空史上写英雄，高歌进，激怀勇越。

注：格律依南宋著名诗人陆游《鹊桥仙·华灯纵博》体。

2022 年获由《当代中国诗人》《红旗诗刊》《诗歌名人堂》等文学传媒联合举办的文化强国“飞天杯”诗歌大奖赛暨新时代中国十大优秀诗人遴选第五名。作品发表在中华诗词网等网络平台。

嫦娥奔月，指嫦娥五号探月项目。神箭、神舟，指神舟十三号飞船。庚子岁末，即 2020 年 12 月 17 日凌晨，经历重重考验的嫦娥五号返回器携带月球样品成功返回地面。辛丑金秋，再传捷报。2021 年 10 月 16 日零时 23 分，迎来了神舟十三号飞船升空发射时刻。神舟十三的成功发射，对实现空间站的建立、完善，以及向太空长驻的目标又迈进了辉煌一步！

长相思·夜 醉

昼一程，夜一程。心向诗田昼夜耕，月出词更生。　　月一更，酒一更。醉在樽前梦落英，啾啾山鸟鸣。

注：格律依唐代著名诗人白居易《长相思·汴水流》体。

采桑子·童　梦

壬寅季春，观摩佛山童梦文化艺术教培咏怀。

阳春朝露青青簇，泽润葵田。泽润葵田，风沐新苗分外欢。　　不识年少愁滋味，烂漫花仙。烂漫花仙，化茧成蝶童梦圆。

注：格律依晚唐词人和凝《采桑子·蝤蛴领上诃梨子》体。

满江红·上甘岭

五圣山崩，炮火烈，硝烟弥漫。拉锯战，纵横坑道，旌旗十万。月照关山焦土冻，血凝枪杆腥衣暗。炸碉堡，为胜利冲锋，朝敌砍！　　反侵略，驱外患，抗美帝，援朝鲜。唇齿相与共，正如肝胆。鸭绿江前迎勇士，三八线上悬神剑。祭英魂，忠骨寄青山，长弓挽。

注：格律依北宋著名词人苏轼《满江红·江汉西来》体。

上甘岭战役，1952 年 10 月 14 日至 11 月 25 日，中国人民志愿军与以美国为首包括南朝鲜军在内的所谓“联合国军”在朝鲜五圣山上甘岭及附近仅 3.7 平方公里的弹丸之地展开殊死、惨烈战斗的一场著名战役。这场战役，敌我双方伤亡数以万计，最后以中国人民志愿军取得了胜利而告终。在战斗中，中国军人涌现了无数可歌可泣的英雄事迹，为中国军队打出了军威和国威，为抗美援朝的最后胜利争取了主动，鼓舞了斗志。

鸭绿江，中国与朝鲜之间的界河。三八线，为朝鲜半岛上位于北纬 38 度附近的一条军事分界线。

虞美人·春　归

暖阳枝上蝶双舞，梦里惊风雨。落红铺径杜鹃啼，无奈灯残惆怅有谁知？　　春风杨柳相思酒，唯恐年年有。笛心吹破弄清梅，花月流觞谁与试新醅？

注： 格律依唐代著名词人李煜《虞美人·风回小院庭芜绿》体。

卜算子·瘦梧桐

叶落瘦梧桐，漏断三更月。欲醒还愁乍醉中，梦里关山越。　　谁晓瘦梧桐？几度西风烈。火凤重生向涅槃，舞尽花飞雪。

注：格律依北宋著名词人苏轼《卜算子·黄州定慧院寓居作》体。

临江仙·画里琴声

壬寅仲夏，应邀出席佛山滨荷大鼎仙居书画艺术工作室启用仪式及观名家挥毫泼墨兴怀。

画里琴声谁与伴？滨荷醉了凭栏。平沙飞雁苇花妍。清风明月夜，岸上柳成烟。　　莫把闲愁空置梦，游龙走笔云天。青山不墨水无弦。多情留壮岁，渔唱荡樽前。

注：格律依明代著名文学家杨慎代表作《临江仙·滚滚长江东逝水》体。

下阕“青山不墨水无弦”，呼应上阕开头“画里琴声”，为化用清代林则徐的《赴戍登程口占示家人》之“青山不墨千秋画，绿水无弦万古琴”诗句。滨荷、平沙，均为地名，位于西江佛山段西岸的高明荷城及对岸的南海太平沙岛。

沁园春·皂幕山赋

天地恢宏，一派巍峨，气势荡胸。探盘龙九曲，琼峦叠翠；浮瀛千丈，神雾迷踪。跃伞滑翔，临空起舞，比翼银鹰试竞雄。花如雪，梦佳人素裹，青女匆匆。　　江山毓秀多情，更赞历来人杰地灵。看赵佗英武，鹿台猎守；区公俊逸，沧水吟行。佛地禅乡，南国古镇，薪火相传百业兴。登皂幕，眺碧云旷野，风景高明。

注：格律依北宋著名词人苏东坡代表作《沁园春·孤馆灯青》体。

皂幕山，主峰海拔804.5米，位于佛山高明，为佛山第一峰。广东飞行节暨滑翔伞大赛多次在皂幕山举办，此地为休闲旅游和户外运动的理想去处。2016年1月中下旬，皂幕山经历了一场百年一遇的霰夹雪罕有景象，挂冰和雾凇随处可见，场面壮观。青女，为传说中掌管霜雪的女神。赵佗，为南越武王，相传其曾在佛山高明皂幕山、鹿峒山一带游园、围猎，并留有“粤台白鹿”“鹿影仙踪”“鹿峒开屏”等美丽传说和古老典故。区公，即区大相，佛山高明阮埇村人。为明代万历年间进士，曾任翰林检讨、掌制诰、南太仆丞等官职，是岭南派诗歌代表人物，著有《太史诗集》。沧水，即沧江，为高明母亲河，皂幕山是其支流杨梅河的源头。佛山，简称“禅”，为中国古代“四大名镇”之一。

金缕曲·丹霞山赋

辛丑岁金秋，重游粤北丹霞山寄怀。

锦水出巴寨，绕田园，悠悠村落，雾光烟霭。寻梦仙山琼阁里，旭日丹霞气派。访长老，赤岩巨摆。马尾飞泉崖万丈，过洞天，一柱阳元拜。无不叹，真神采！　　翠竹夹岸浮青黛。碧波中，逶迤倒映，远山豪迈。轻问朱颜何时老？似见三峰感慨。水成曲，无弦岂碍；山作画千秋谁墨？雁飞时，霞蔚群峦外。山月起，越沧海。

注：格律依南宋词人叶梦得《贺新郎·睡起流莺语》体。

金缕曲，亦称“贺新郎”等，为词牌名。丹霞山，位于粤北韶关仁化境内，是广东“四大名山”之一，总面积达292平方千米，是广东面积最大且以丹霞地貌景观为主的风景区和世界自然遗产地。韶关丹霞山由680多座顶平、身陡、麓缓的红色砂砾岩石构成，以赤壁丹崖为特色。为世界上已发现的1200多处丹霞地貌中发育最典型、类型最齐全、造型最丰富的丹霞地貌集中分布区。其中，锦江两岸村落、巴寨、长老三峰、马尾飞泉、阳元巨石等均为丹霞山的著名景区或景点。

念奴娇·珠穆朗玛

女神圣母，簇高原雪域，擎天而立。八面冰霜辉日月，一枕风流霹雳。四海观瞻，五洲震撼，朗朗乾坤祭！祥云结彩，宛如缭绕仙髻。　　然却星汉瑶台，惹得蛮虏，垂恶涎三尺。“麦克马洪”“加勒万”，昭著其之无耻！疆界冰河，金戈铁马，慷慨英雄气。珠峰如剑，光芒犹放犀利。

注：格律依北宋著名词人苏轼《念奴娇·中秋》体。

珠穆朗玛峰，位于中国西藏自治区与尼泊尔交界处的喜马拉雅山脉中段，山体呈巨型金字塔状，最新海拔高度为8848.86米，是世界最高峰。珠穆朗玛，藏语的含意为“大地之母”。藏语“珠穆”是女神之意，神话传说中的珠穆朗玛峰是长寿五天女所居住的宫室。

“麦克马洪”，即麦克马洪线。是指1913年10月至1914年7月英印政府外交大臣麦克马洪伪造的英属印度与中国的划界。将原属于中国西藏的9万平方公里国土划入英属印度。中国历届政府均不承认麦克马洪线的合法地位，而印度坚持麦克马洪线，并在某些地段越过了麦克马洪线，结果引致1962年的中印战争。

“加勒万”，指中印加勒万河谷边境冲突事件。2020年6月15日晚，在中印国界西段边境加勒万河谷地区，印军越过实控线非法活动，蓄意发动挑衅攻击，引发了中印军队激烈肢体冲突并造成伤亡。中国边防部队果断采取自卫措施，对印方暴力行径予以坚决回击，有效捍卫了国家主权和领土完整。

七　律·丁亥青藏行过昆仑醉遣

花飞晓梦酒销寒，
霜鬓留白染鹤颜。
天若有情天亦老，
岁如无恙岁何煎？
气清格调春秋寄，
水韵月华云海掀。
漠漠昆仑凝四野，
征鸿岂计向风餐！

注：天若有情天亦老，为引用《金铜仙人辞汉歌》（唐·李贺）诗句。

2021年12月，参加中华诗词学会、《中华诗词》杂志社联合举办的“2021中华诗词第十八届（网络）金秋笔会”中，本作品荣获优秀作品奖。先后发表在中国作家网、中华诗词网、中国诗歌网等网络平台及《中华诗词》（2022年第2期），入选《中国当代作家诗人精品集》（团结出版社，2022年5月版）。

七　绝·过唐古拉山口

丁亥，青藏高原之旅寄怀。

瀚海横连青藏阔，
迢迢天路向昆仑。
高原野冻垂千古，
列列长车驾彩云。

注：唐古拉山，又称唐拉岭，是藏区传说中著名的高原大山之神。其位于青藏高原腹地，西接喀喇昆仑山，东连横断山脉。唐古拉山口是西藏门户，也是青藏铁路海拔最高的区域，绝大部分地方海拔在5000米以上。高原空气稀薄，严重缺氧，超过海拔5000米的地方通常被称为“生命禁区”。

2007年夏秋之交，由广州飞青海西宁，乘青藏列车过昆仑山抵达拉萨；再由拉萨乘中巴前往林芝等地，然后返回拉萨乘飞机回广州。在青海和西藏旅游期间，先后前往青海湖、纳木错、雅鲁藏布河谷等景区，以及拉萨（布达拉宫）、林芝等地观光游览。其中，过昆仑山、唐古拉山、米拉雪山等高寒地带，尤其令人难忘，感受深刻！

七　律·丁亥行青海湖赋

漠漠长风塞上鸣，
雪山银砚碧湖青。

流霞归暮闲飞鸟，
渡浦欢声满载情。
远古沉沙移垭口，
大千游客向浮瀛。
云天不老红尘泪，
日月神光瀚海征。

注：云天不老红尘泪，日月神光瀚海征。此联，化用文成公主之日月宝镜典故。传说1000多年前，唐蕃联姻，文成公主远嫁吐蕃王松赞干布。临行前，唐王赐她能够照出家乡景象的日月宝镜。途中，公主思念家乡，便拿出宝镜，果然看见了久违的家乡长安。她泪如泉涌。然而，公主为了不辱使命，便毅然决然地将日月宝镜扔出去。没有想到那沾有公主眼泪的宝镜落地时闪出一道金光，变成了浩瀚的青海湖。

作品发表在中国作家网、中华诗词网、中国诗歌网等网络平台，入选《中国当代作家诗人精品集》（团结出版社，2022年5月版）。

五　律·圣湖纳木错

冰海倚天擎，
蔚颜绝太清。
念青结紫气，
凋碧射苍穹。

喘喘着屐步，

皑皑踏雪行。

波光犹震撼，

可待舞长鲸。

七　律·访雅鲁藏布大峡谷

天龙回转山横断，

霁色凝寒射九重。

碧水中流归万里，

晴云侧簇抱千峰。

乾坤扭裂参渊壑，

冰雪融光亘古瀛。

塞上江南风景异，

银河飞落一川腾。

注：作品发表在中国作家网、中华诗词网、中国诗歌网等网络平台，入选《中国当代作家诗人精品集》（团结出版社，2022 年 5 月版）。

七　律·林芝巴松错与画友醉兴

月晓风清杯正举，
花开半至酒微醺。
谊情盏盏歌杨柳，
意气虔虔侃古今。
塞外江南云景好，
天边湖海色调深。
马良神笔随君画，
李杜诗篇任我吟。

注：林芝巴松错，为藏传佛教宁玛派的神湖。属于淡水堰塞湖，是林芝最大的湖泊。

五　律·丁亥西藏行布达拉宫赋

灵塔圣观音，
匍匐度众身。

藏传佛教盛，

礼颂普陀尊。

愿为红山旅，

醉寻白雪吟。

兴失千古梦，

史上一和亲。

注：拉萨布达拉宫自古以来为藏传佛教圣地。灵塔与圣观音合为布达拉宫镇宫之宝。红山，为布达拉宫所傍之峰。史载，布达拉宫为松赞干布迎娶文成公主之年代始建。自建宫以来，屡经战火及自然灾害破坏，几度重修、扩建，宫殿富丽堂皇，历史文化底蕴厚重，极富民族特色和传奇色彩！

七　绝·蕙兰之咏

2018 年 3 月 1 日，于“蕙兰之月”为兰所咏！

风华明月清空谷，

绰绰芳姿蕙若凝。

碧苑兰心君子梦，

幽幽淡墨醉金英。

注：中国兰花常见有七大种类，包括春兰、蕙兰、建兰、墨兰、寒兰、

春剑兰、莲瓣兰等。爱国诗人屈原在其《楚辞》中有云："既滋兰兮九畹，又树蕙兮百亩。"可见，"蕙"早在战国时已出现。其中蕙兰开花的时间多为每年 3 至 5 月，清明前后的蕙兰花香更加浓郁，色彩更加绚丽。

七 绝 · 咏 兰

氤氲滴翠绕清流，
一片素心合谷幽。
爱在林泉思皎月，
风尘不染本无求。

五 绝 · 致敬孟晚舟

2021 年 9 月 25 日，中国公民孟晚舟乘坐中国政府包机返回祖国有感。

离离拘彼岸，
破浪有长风。
金桂习相近，
婵娟秉大同。

五　绝·秋　思

庚子岁，新型冠状病毒肺炎在全球泛滥。中秋时节不能回乡和久病的父亲相见，只好把思念和亲情寄之以诗。

月明无两道，
山水自相旁。
客旅他乡久，
他乡是故乡。

七　绝·乙酉秋寄（十首）

一

雀言秋语光阴醉，
寂夜梧桐酒客身。
抱月入怀留梦里，
相思如酒敬佳人。

二

泪湿心海波光晓，
梦里阑珊月寄愁。
烟火笙箫怜异客，
流年暗省近中秋。

三

繁星嘱梦初零露，
烛秉轻寒细细风。
水镜花台凭月照，
秋光几度冷芙蓉。

四

相思煮酒同君醉，
碎殒烟花舞夜央。
醉里花雕沉月色，
东篱一曲解衷肠。

五

西风心事寒杨柳，

花落流年醉梦溪。
看似玲珑皆是泪，
但教红豆寄相思。

六

流年焰火时光浅，
樵岭霞光万丈开。
菊酒几杯连晓梦，
神气风清万里来。

七

冷露侵风犹敛色，
玲珑望月透金黄。
铅华洗尽芙蓉悴，
叶落仍怀菡萏香。

八

粉黛孕蓬花并蒂，
芳华曾令故人痴。
红颜烟火心田月，
濯梦清莲醉碧池。

九

月下回眸花似雪，

情深所向动风雷。

花开花谢谁为念，

菊始黄华大雁归。

十

霞瑞初晴枝踏雀，

庭前日照映竹林。

一泓秋月无边尽，

岁岁红烛夜夜心。

七律·敦煌行赋

戈壁驼铃商客梦，

雁鸣沙海醉飞天。

丝绸古道千佛洞，

暮日黄曛大漠烟。

杨柳春风明月渡，

琵琶夜雪玉门关。

敦煌画就丹青壁，

缭绕祥云越酒泉。

注：飞天，为敦煌壁画一绝。酒泉，隶属甘肃，辖敦煌，地处河西走廊西端。

五　律·辛丑双星殒落祭

辛丑岁公历5月22日，双星殒落。共和国一天之内痛失两位院士。深切悼念和缅怀世界杂交水稻之父袁隆平、中国肝胆外科之父吴孟超两位老先生！

神穗掀金浪，

华佗医圣刀。

民生牵百岁，

肝胆照清霄。

泪洒双星落，

勋遗举世昭。

公追黄鹤去，

云月路迢迢。

七　律·缅怀杂交水稻之父袁隆平院士

袁公难舍秧禾去，
绿浪但教黄谷堆。
黄谷堆堆金不换，
隐雷恻恻泪同挥。
田间历历骄阳候，
野外霏霏冷雨陪。
国士无双何处觅，
九天问鹤佑魂归。

七　绝·机上过天山即兴

癸巳岁，乘机前往新疆公干，途经天山山脉上空。有感于金庸小说《天龙八部》天山童姥的武功绝学和曲折离奇且扣人心弦的武林故事，即兴而赋。

银鹰御剑碧天开，
气贯九霄云外来。

童姥若然今尚在，

愧为六路一折梅。

注：六路折梅，又称天山折梅，是天山童姥高深莫测的武功绝学。

七　绝·游侗乡程阳

2011 年农历辛卯岁春节期间，前往广西柳州三江侗乡等地旅游。经永济风雨桥和过程阳八寨时，有感于侗乡风情，兴而抒怀。

鼓楼村落青石板，

风雨程阳永济桥。

婚礼回门忙坐夜，

四绝八寨客如潮。

注：永济，位于程阳八寨，为侗乡最著名的风雨桥，是世界四大名桥之一。婚俗，是三江侗乡春节期间最隆重的节日习俗，其中以婚嫁中的送新娘回门和未婚青年坐夜寻偶最为隆重。四绝，为三江程阳侗乡文化特色；八寨，指程阳的八个自然村寨。

七　绝 · 焦骨牡丹

乙酉岁末，前往陕西西安、洛阳等地期间，有感于武则天上苑吟诗的历史典故而赋。

雪地长安焦骨花，
欲将国色奉春华。
朱门上苑今安在？
但见洛阳千万家。

注：焦骨牡丹，化用武则天上苑吟诗贬牡丹之历史典故。

七　绝 · 西行喀什谒香妃冢

葵巳秋，前往新疆喀什公干期间，谒香妃衣冠冢怀古。

花容浮想香魂断，
醉梦舞蝶无处寻。

古道黄尘犹尚在，

衣冠埋冢岂知身？

七　绝·七夕江楼醉酌

月转清华天阙老，

星河入梦鹊桥迎。

相思煮酒金风醉，

楼外秋光照画屏。

七　绝·雁山踏春

辛巳早春，登大雁山赏景寄怀。

江水长东落日斜，

春风为渡一年花。

山前景胜谁留画？

尽把桃林染彩霞。

注：大雁山，地处粤中的江门鹤山，滨西江之水，与佛山南海隔江相望。山峦之巅风景秀丽，是登高、休闲、游玩的好去处。

五　律 · 庚子立冬大雁山行赋

风闻尘土起，
落木水潭惊。
北祭高阳氏，
南征大雁声。
叶飞何所去，
夕照几人行。
不怯时光老，
菊花把酒烹。

注：高阳氏，是指五帝之一的颛顼，为水德之帝。据古籍记载，立冬要迎冬，祭以北郊，以迎北方黑帝颛顼及水行之神玄冥。祭高阳帝，以祈万物闭藏，顺利过冬。

七　绝 · 古劳水乡新荷

丙申初夏，应邀带队前往西江滨江门鹤山出席旅游节和绿色博览会并在古劳水乡体验荷花湖泛舟乐趣有感。

横塘风动舞新擎，
浣碧摇楫入画屏。
锥角初红裙面绿，
菡香盈袖裹娉婷。

五　律·月夕思怀

秋思千万里，
极目广寒宫。
明月关山外，
桂花醅酒中。
悠悠天宇梦，
切切梓桑情。
谁为亲恩念，
霜林暮更红！

七　律·立　夏

翻盖娇荷碧玉芽，
南风拂柳绿窗纱。
樱桃新麦青梅酒，
莺燕粉蝶栀子花。
醉客高眠扉半掩，
清晨留梦日悬斜。
茗香逸致虫鸣隐，
月季庭前看晚霞。

七　绝·立　夏（三首）

一

烟云散愠雨掀窗，
高柳蝉鸣杏子香。
暑淡风清犹解意，

茶烹酒煮梦横塘。

二

春光夏气绿荷稀，
畅雨和风向暑期。
宠辱不惊云半卷，
去留无意作花痴。

三

王瓜色赤阳之盛，
时令三鲜和酒烹。
红瘦绿肥春尽日，
云峰带雨杜鹃鸣。

七绝·小满（两首）

一

雨简风微果满园，
田林啭雀跃枝欢。

岂言不晓丰收乐？

爱绕红榴欲解馋。

二

灌麦丰浆日渐长，

青梅煮酒枣花香。

风弦心动敲窗雨，

闲坐村头看杏黄。

七　绝·芒　种（三首）

一

酒煮青梅芒种雨，

种之芒种不宜迟。

麦田浪里伯劳舞，

栀子花开好作诗。

二

梅子黄时梅子雨，

菱歌渔唱候鹃痴。
背充暑气汗蒸土，
煮酒祭花芒种时。

三

岐甸寻芳闲日暮，
蝉嘶高盖树阴低。
黄梅熟落山前雨，
蝶舞红英不厌迟。

七律·夏至

昼晷影长宵漏短，
江南夏至酷芬芳。
蝉鸣高树芭蕉绿，
日艳蒸蕖菡萏香。
廓朗天光云景好，
风清雨霁气象昂。
莫言炎热难消受，
心定情闲暑自凉。

七　绝·小　暑（两首）

一

温暾伏始谷禾新，
祈暑双蒸酒醉人。
暮雨疏窗云淡淡，
长风几度送雷神。

二

暑晴日气襟蒸汗，
上苑凉风半不来。
绿翠蝉嘶鸣雀跃，
林中景致画屏开。

五　律·大　暑（两首）

一

暑盛荷风舞，

轻雷断雨花。

青溪别我梦，

腐草缚萤华。

饮者非因酒，

醉人无属家。

西山明月在，

犹作日夕斜。

二

荷田擎绿盖，

日浪炙新城。

暑气犹蒸酒，

闷湿堪汗溟。

三伏怜醉客，

几度梦清风。

七月空流火，

蜩螗尽费声。

七　律·登大雁山西江春望

丁酉春携伴登临粤中大雁山即兴咏怀。

雁杳天涯山有据，
与君惜似少年时。
东流不尽西江水，
北望可及南海堤。
仙玉凌波堪比翼，
深闺著梦更相思。
此情脉脉凭谁诉，
惆怅江头亦自痴。

注： 大雁山，位于江门鹤山，与佛山南海隔西江相望。

七　律·中华诗词金秋笔会赋

2021 年 12 月 2 至 5 日，参加由《中华诗词》杂志社主办的第 18 届中华诗词金秋笔会（网络视频会议）培训班有感。

新冠疫事未消停，
媒信结缘笔会迎。
莫道诗词无盛宴，
但闻网络有清声。
如今迈步从头越，
他日吟章自任评。
万里丹山雏凤在，
借得韵律九州鸣。

七　绝·月下独酌

月下轻昏烟水近，
醉时灯暗梦飞星。
流光劝夜杯中落，
拂柳吟风亦自情。

七　绝·漓江红叶

壬辰秋，游漓江，赏红叶之景感怀。

堆成织绣丹如火，
水墨山烟贯锦流。
乌桕滩头寻画意，
漓江红叶桂林秋。

注：广西桂林百里漓江，江滩相连。乌桕滩位于漓江西岸竹江码头下游处，江滩上有一丛丛的乌桕林。每逢秋冬时节，乌桕林树叶红透，满江堆红，清澈的漓江在红叶的映衬下，美不胜收。

七　律·落英引怀

英华落尽伤春日，
碧树黄曛却已秋。
花月成烟愁似雨，

浮生若梦岁如流。

如流之岁何曾弃，

似雨的愁岂罢休？

游鹤且能知四季，

蝼蛄更晓个中求。

五　律·南琴江上游行

己亥仲秋，于粤东五华携伴自驾寻找南琴江上游源头，抵达龙村镇睦贤水库，在山回路转、柳暗花明间先闻有美妙的潺潺轻流，后见一泓清澈、蜿蜒的湖潭。故，有感而咏之。

长潭水抚琴，

林外觅知音。

湖里鸳鸯鸟，

岸边牵手人。

村前河甸绕，

岭背日夕沉。

滟滟桃花水，

悠悠几片云。

注： 琴江，分南琴江和北琴江，源头同在粤东的河源市紫金县，上游一出紫金则流入梅州市五华县，南北两江汇合后依次进入五华河、梅江。琴江干流主要流经五华南部诸镇，沿河尤其上游睦贤水库一带山清水秀，民风淳朴，如入桃源之境。

五　律·访肇庆紫云谷

庚子岁国庆黄金周期间，携伴前往西江之滨的肇庆紫云谷游览抒怀。

岭背长潭一串绿，
桥头风雨送归途。
三坑紫砚出深谷，
九曲端溪落翠湖。
渡口难别西水去，
青山不老烂柯殊。
桃源寻梦忽夕暮，
径柳傍花鸣鹧鸪。

注： 紫云谷，位于广东省肇庆市鼎湖区东南郊烂柯山，西江羚羊峡省

级自然保护区内。紫云谷砚坑拥有端砚开采、加工的悠久历史，国内品质顶级的端砚大多出自紫云谷的老坑、坑子、麻子坑三大名坑。

七　绝·古劳水乡田园

横塘侧岭晴开廓，
日落余晖暮尽红。
绿水闲舟空野渡，
几堆烟火一村风。

七　绝·元　宵（三首）

一

宵红欲醉春风动，
火舞星河漾桂华。
月照壶光十里转，
清辉夜放一夕花。

二

上元喊酒灯高挂，

月晓星睽汉阙遥。

夜灿银花街巷舞，

河台烟火醉春宵。

三

风舞高花春送暖，

莺啼燕语柳成行。

鱼龙灯火云台月，

元夜汤圆拌酒香。

七　绝·中秋醉兴

广寒一梦会嫦娥，

醉驾九云仙鹤车。

不道思愁犹未可，

但逢三五月光合。

七　绝·画楼春

群玉山头初见晓，
普光为照百花开。
画楼春里常听雨，
梦醉清风戴月来。

注：诗赠广东省社科普及先进工作者，民进广东省抗疫先进会员，佛山市最美逆行者、百姓学习之星、社区教育先进工作者，佛山市公益文化艺术与社区教育优秀志愿者，佛山市“高明好人”古琪。

七　律·长白山

玄武层岩褶皱眉，
高原台地火山锥。
风侵云雾浮绝胜，
虎啸瑶池瞰翠微。
蓝钻一枚镶玉阙，
白石千载映琼晖。

断崖飞瀑三江去，

踏雪放鸢天外回。

注：长白山，为中华十大名山之一。长白山景区处于东亚大陆边缘，濒临太平洋的强烈褶皱带。在中生代以前，经过多次地壳变迁活动，形成古老的玄武岩层。山体主要由玄武岩台地、玄武岩高原和火山锥体三大部分构成。长白山天池位于长白山主峰火山锥顶部，是一座火山口，经过漫长的年代积水成湖。长白山天池海拔 2189.1 米，天池略呈椭圆形，南北长 4.4 公里，东西宽 3.37 公里。

天池是中国最高最大的高山湖泊，是东北三条大江松花江、鸭绿江、图们江的发源地。蓝钻，喻天池。白石，指长白山山峰上的白色浮石。长白瀑布群，它是长白山的第一名胜，是中国东北最大的瀑布群。鸢，为长白山一种飞禽，是国家级保护动物。

七　律 · 过温州思怀

道是相思道是殇，

春风杨柳蔽回廊。

夜寒一曲歌如酒，

泪洒十年月似霜。

醉里偶怀梁祝病，

梦中曾过沈园墙。

红尘雪雨缤纷去，
高镜擎烛已鬓苍。

五　律・鼎湖山

丁酉岁，鼎湖山之携伴春游咏怀。

幽径闻钟鼓，
清泉入鼎湖。
苍龙蛰已久，
空界寂如初。
绿染春千树，
闲谈酒一壶。
青山长自在，
明月共结庐。

注：鼎湖山，位于肇庆端州。相传，因黄帝所铸造之鼎迁于此地而得名。山上主要景点有庆云寺、鼎湖（碧湖）、蝴蝶谷等，为宗教文化旅游胜地，属广东“四大名山”之一。苍龙，据说古时鼎湖山有苍龙呼风唤雨，后为禅宗六祖慧能弟子、圣僧智常禅师所降而蛰潜于潭底。

七　绝·春　寄（七首）

一

轩窗着镜花雕泪，
滑落芭蕉不晓流。
结蕊丁香空寂寞，
春风难解雨中愁。

二

乍醺还醉夜无良，
梦里春风去未央。
入骨相思随酒意，
落花一片月茫茫。

三

莺啼落日向天涯，
望尽天涯不见家。
梦里乡关何所寄？

泪湿为敬至高花。

四

春意勃发杨柳翠，
诗情酒兴总相浓。
家常几碗新醅绿，
炉火缭香炙面红。

五

含春欲放花仙子，
月在河西梦晓黎。
无奈东风关不住，
怀情杨柳总依依。

六

似花似梦醉春山，
枕月吟怀又一年。
一岁东风一岁寿，
几成诗酒几成仙。

七

李粉桃红暖入风，
山青云淡日曈曈。
傍花佳丽争春色，
一任嗲声黄雀惊。

七　绝·夏　寄（两首）

一

风清雨乍日初长，
碧架蔷薇满院香。
午梦悠然晴正好，
芳菲深处自阴凉。

二

夕暮山沉烟雨霁，
沙洲着翠柳条痴。
水流红处江霞晚，
花落枝巢倦鸟栖。

七　绝·秋　寄（三首）

一

青山如镬煮秋林，
红叶翩翩舞色欣。
结露成霜凝翠碧，
金风入醉梦阳春。

二

风雨横秋红落尽，
缤纷舞起看浮沉。
飘零着意倾绝色，
萧瑟茫茫掩土尘。

三

广寒一道相思月，
独照伊人夜夜妆。
有苦谁知当莫问，
娥姑心事亦深藏。

七　绝·冬　寄（两首）

一

不盼风花留月色，
但教血雨染残阳。
人生直面凭天地，
岂悔曾经饮雪霜？

二

莫厌辛劳苦作人，
除非不入世间门，
云开有道无愁日，
霜雪踏鸿足见深。

七　律·肇庆重聚寄司警同学

丙申仲秋司警同学卅载重聚于广东肇庆四会赋

天横飞雁水流年，

华载三十意气轩。

酒敬同窗言现在，

心怀赤子忆从前。

峥嵘岁月虽犹甚，

利禄功名却淡然。

诗赋人生歌咏乐，

飞花载舞醉秋田。

注：从风华正茂、意气风发到壮士暮年，我们曾经在激情岁月高歌，曾经在紫陌红尘游走，也曾经在沧海横流和风雨满途中艰难跋涉。走过坎坎坷坷，可以说经历和体验才是人生最大的财富，也是一种无法遗弃的百味人生！

七　律·悼念台湾著名诗人周梦蝶先生

花自飘零水自清，

嶙嶙瘦草劲疾风。

吟得好雪情一片，

笑看残冬景几重。

诗到浓时堪比醉，

人逢绝处竟从容。
经霜淬火终无悔，
铁骨华章岁月峥。

七　律·缅怀恩师李国夫先生

秋凉风起雨纷纷，
彼岸花开不为春。
莫记沧桑愁挂虑，
可托锦绣梦游魂。
师恩点点犹新忆，
教导谆谆尚故温。
笑貌音容今宛在，
园丁风范永留存。

五　律·三秋客

沐暮秋之风而感怀

惆怅三秋客，
萧萧落叶黄。

动辄花带雨，
寒乃雪飞霜。
昼载红尘舞，
夜拂笙曲扬。
纵横云野渡，
回首水流长。

注：西风是三秋之客，也是摧花之手，是霜剑之侠！她，日载红尘，夜夹笙歌。既可纵横云野，亦可闲看大江东流之逸韵和雅致！可令人悲而忧之，亦可令人敬而畏之！

五　律·梵净山赋

飞凤鸣金顶，
红云绕梵音。
瑶台生水月，
擎柱落铜仁。
弥勒缘心善，
佛章理道深。
武陵一脉去，

横贯有乾坤。

注：2021 年 3 月，本作品获中国诗书画家网、中国散文网和华夏博学国际文化交流中心等机构联合举办的中国当代作家书画家名作典藏暨 2021 高峰论坛大赛特等奖。作品入选《中国当代作家书画家名作典藏》(中国文化出版社，2011 年 6 月版)。此外，本作品还分别发表在中国作家网、中华诗词网、中国散文网、中国诗歌网、中国诗书画家网等网络平台。

梵净山，乃武陵山脉主峰，为贵州第一名山，位于铜仁辖地。最高峰凤凰山海拔 2572 米，朝拜地老金顶海拔 2494 米。此处是全国著名的弥勒菩萨道场，为国内第五大佛教圣地。

五　律·立冬寄山西太行王主任

己亥立冬，寄山西晋中左权同行王主任跃珍诗友咏怀！

飞尽花霜雪，
转年重又春。
怀情结蒂固，
岁月入根深。
陌上朝鸣雁，
篱边暮醉人。

清风知野旷，

叶落赠缤纷。

注：感谢王主任等对我们一行前往山西吕梁、太行地区文化考察过程中的盛情接待，并一直保持古典诗词方面的交流与分享！

五　律·韶山冲赋

2021年12月26日，纪念伟大的人民领袖毛泽东同志诞辰128周年颂怀！

狂草舞麒麟，

雄诗泣鬼神。

安危怀社稷，

甘苦系黎民。

红日萦寰宇，

英名烁古今。

沉浮谁与主？

济世问乾坤！

七　绝·登粤东龙狮殿（两首）

有感于壬辰、丁酉之中秋，先后两次登临龙狮殿。

一

高峡提蓄绝湖胜，
紫陌风清古臼鸣。
云殿瑶台长乐醉，
龙狮回首展新旌。

二

龙狮绝胜臼石神，
携眷雄登殿顶晕。
万丈瑶台云雨霁，
百千尘世暖乾坤。

注：龙狮殿位于粤东梅州最南端，正处北回归线，海拔近千米，交梅州、河源、汕尾三市之界。四面高山环绕，地势险要，犹如一口巨大的铁锅镶嵌在山顶上，气势如虹，震撼人心。龙狮殿有许多几十万甚至上百万

年发育而逐渐形成的古石臼群，沟壑纵横，堪称奇景。相传公元 1278 年南宋末年，帝赵昺在元兵的追赶下，仓皇南逃至此并欲建殿御敌。后因闻“黄猄”叫而担心不祥，便连夜点燃槙竹火把冒雨继续南逃。目前，梅州斥巨资正在此开发建设大型重点项目抽水蓄能电站和旅游度假区。

七　绝·黄山小雪夜醉

小雪之日，黄山夜宿，与朋友围炉酌酒间忽然见一只呆萌松鼠在不远处的石台上觅食，时不时立于原处目不转睛地看看我们饮酒傻乐，甚是可爱！于是，赋诗一首。

月落帘前花映雪，
笑谈诗酒火炉围。
呆萌松鼠从旁看，
许是嘴馋突忘归。

七　律·北固山望怀

丙子岁秋，华东五省市游之江苏镇江京口北固山登望寄怀。

峭壁嵯峨枕大江，

行舟归雁水云长。

南梁帝子书形胜，

甘露剑石遗火光。

寺宇冠山吞气象，

楼台多景看苍茫。

金焦一担挑千古，

龙埂三峰舞凤凰。

注：北固山，位于江苏镇江长江口。与金山、焦山成掎角之势，三山鼎立。由于北临长江，据势险固，故名北固。北固山分前、中、后三峰，传说三峰之间有龙埂存在，一脉相连。其中后峰为主峰，山壁陡峭，地势险峻。南朝梁武帝曾题书“天下第一江山”字匾。甘露寺，雄居山巅，冠于北固之上，有“寺冠山”美称。甘露，为三国东吴年号，亦指建于甘露年间的甘露寺之寺名。北固山，有三国孙刘联姻、诸朝代名人轶事和诗文典故等传说及相关遗迹。著名景观，包括古甘露寺、多景楼、试剑石、凤凰亭、凤凰池、铁塔及有关碑题石刻等。多景楼，即北固楼。金焦，分别指金、焦两山。

七　绝 · 莲花山重游览胜

2016 年深秋，重游广州番禺莲花山。三十年前，在广州求学时曾与班上同学一起登游。不同的是，此次是携伴而来。故地重游，颇有感慨！

观音望海慈航渡，

鬼斧神工剑壁殊。

更上崖山寻燕子，

莲花镇水揽江舟。

注：莲花山的名称由来，流传一个神话故事。古时，南海有一条孽龙时常在珠江口兴风作浪，淹没田地，颠覆舟船，沿岸百姓深受其害。南海观世音菩萨云游此地，见孽龙作恶多端，于是将其乘坐的莲花掷向江中，镇住孽龙。后来，这朵莲花化成一座巨石，永镇山中，保珠江口一方平安。因此，这座巨石叫莲花石，所在的山得名莲花山。其中，“莲峰观海”为羊城广州新八景之一。莲花山上，在诸多著名古迹中有建于明代万历年间的“省会华表”莲花塔，以及清代康熙年间建造的莲花城等历史文化遗存。诗句中的“燕子”指燕子岩，乃莲花山著名一景。

五　律·古筝醉雨

己亥初夏，于山西太原杏花岭小西勾非遗文化村观赏演奏艺术家醉弹古筝有感。

轻撮烟雨碎，

劈尽柳丝垂。

一抹云天散，

三勾鹤凤归。

弦音追古意，

妙曲慑惊雷。

扢醉江南梦，

清风旷野飞。

五　律 · 长城赋

丁酉岁“八一”建军节颂怀

万里霜风越，

关山泣鬼神。

秦川悲孟泪，

汉夜冷昆仑。

烽火春秋梦，

狼烟日月曛。

残垣埋血印，

脊骨壮国魂。

注：庆祝中国人民解放军建军 90 周年暨朱日和沙场大阅兵！本作品 2022 年 1 月获中国百家文化网、世纪百家国际文化发展中心等机构联合举办的 2021 年“四海杯”海内外诗联书画邀请赛金奖。作品先后发表在中国作家网、中华诗词网，入选《中国当代作家书画家名作典藏》（中国文化出版社）。

七　律・红楼醉梦

壬辰冬月，作客连州红楼宾馆，夜醉一梦。梦醒，诗以记之。

岭南一夜红楼客，
花放冬妍月晓黎。
宿酒难酬云雨醉，
晨风易醒镜台痴。
梅妆着色娥眉动，
素裹惊身玉步移。
梦里连州皆幸景，
契得天地带相思。

七　绝・己亥孟夏云南大学游学之旅

日淡风清云景好，
祥云七彩彩云南。

百年云大书香醉，
隽朗昆明秀古滇。

七　绝·春城翠湖宴饮

己亥小满夜，云南昆明春城翠湖宴赋。

玉海心亭酌小满，
龙池夜醉碧清辉。
玲珑色调春城月，
潋滟波光翠柳垂。

注： 华灯初上，夜晚的春城昆明翠湖仍然游人如织。在一排排翠绿色的垂柳映衬下，九龙池、海心亭月色宜人，波光潋滟。在亭子阁楼上特设的颇为低调的饮宴中，免不了以诗助兴，畅吟一首。

七　绝·海　棠

暮春月圆之夜，观海棠而咏怀。

胭脂几抹海棠春，
送却百花妆更新。

不与东风争握手，

但愁月夜子规闻。

注：海棠是苦恋和离愁的象征，每当暮春百花开了又谢之时，便是海棠妖娆之日。它，带给人思恋和思乡之情，又给人于思恋、思乡之寄托！见到海棠，便等于见到了想见思念之人！

七　律·巴蜀行蓬安宴兴

丁酉冬月，前往四川南充蓬安、顺庆，以及成都等地开展文史考察之旅寄怀。

相如故里遇知音，

客至茗香老窖醇。

满座高朋皆任醉，

一帘明月倍觉亲。

功夫助兴欢声起，

诗意率情酣宴吟。

汉赋名出司马氏，

当垆沽酒有文君。

注：司马相如，汉巴郡安汉（今蓬安）人。汉代著名的政治家，汉赋

杰出代表，有“辞宗”“赋圣”之誉。他与蜀中才女卓文君的结合成就了一段历史佳话。

七　绝·夜读抒怀（三首）

一

漫卷沧桑犹鉴古，
一帘风雨伴读夫。
人生万里艰辛路，
越过书山见坦途。

二

腹裹诗书常有味，
清欢不过夜读人。
寒门磨剑曾尝苦，
岂料如今却动心。

三

砚台烛影照寒窗，

墨染文华笔底香。
书卷三千风景好，
诗情如酒醉芬芳。

五　律·上海龙庭宴兴

乙未岁暮春，与上海交通大学研修班的几位学友一道应邀前往某港台影视明星旗下位于上海的龙庭酒楼赴宴。席间与东道主羌族兄弟醉饮，并相互即席吟诗助兴。

上海龙庭宴，
有缘千里逢。
酒浓情更盛，
人醉脸犹红。
朗朗吟花月，
殷殷唤弟兄。
流觞寻古韵，
水榭漾春风。

七　绝 · 丙申暮春雨中送别意外亡故歌者邱君

雨落风花泪蘸尘，
斜阳葛冢总伤春。
茫茫生死朝夕梦，
角枕留歌作古人。

七　绝 · 戊戌仲秋雨中送别乡友冯女士挽

殡仪叶落挽清秋，
片片梧桐片片愁。
雨淌天阶谁洒泪，
点滴如刃滚心头。

七　律·乙未仲秋送小玲女士挽

悲秋殒玉夜烧香，
玲姐魂兮莫感伤。
彼岸茫茫花似海，
尘缘杳杳泪衷肠。
虽曾几面谈公事，
却已多方见善良。
往奈何桥应好走，
垂千古永挽安祥。

七　绝·春　日

吹柳轻寒二月风，
一帘画色竞葱笼。
草堂紫燕撩春睡，
陌上飞花入梦中。

五　律·春　日

吹绵柳岸斜，
落日向天涯。
芳草侵原野，
翠微蒸彩霞。
莺啼红杏树，
燕舞杜鹃花。
晓看残云处，
炊烟绕几家。

七　绝·郊外春行（八首）

一

春暮日夕杨柳垂，
舟笛几度向鸥飞。
云山行走江流上，

笠笠渔翁满载归。

二

碧树低莺燕舞勤，
妒花风恨惟伤春。
相思堪作心头雨，
打尽落红无处寻。

三

昨夜轻雷昨夜风，
碧山淡淡碧山空。
子规啼落山前雨，
梦尽杜鹃花正红。

四

桃红湿雨兰溪暮，
林壑生苔野径荒。
香袖盈风花自落，
春山深处水云长。

五

好梦还寻鹂雀语，

落花风雨满窗轩。
曲栏照水流云醉，
不见闲愁卷画帘。

六

浪皱春波水笼烟，
岸垂杨柳绿丝鲜。
桃花飞散东风渡，
溪上青青碧草连。

七

花红萼碧开清野，
春气流芳雨霁晨。
山水有情无远近，
径由蝶舞向云深。

八

郭外田园日暮斜，
淡烟流水绕人家。
山前布谷声情叩，
一树杜鹃一树花。

七　绝·辛丑除夕思怀

征鸟徐徐降雪霜，
寒香花信报春光。
金牛望月星辉夜，
喜鹊登梅寄瑞祥。

注：辛丑岁春节假期，由于新型冠状病毒肺炎疫情留守工作地佛山而未能返回粤东乡下省亲，也无法侍奉病榻上的父亲。因而，深感思念。但愿岁后喜鹊登枝，疫情消退，春光无限！

七　律·己亥父亲节西江月望怀

夜浦风涛游子忆，
悠悠江月照谁人？
母归泉下音容近，
父病堂前岁日深。
舍弟无言倾尽顾，
为兄有愧负双亲。
东流默默情如水，
奔梦但怀沧海心。

七　律·辛丑四月八父殡祭赋

沧海月明珠有泪，
黄泉夜暗恸哀声。
决游仙梦何辞死，
既往神门愿再生。
浊酒一杯愁处饮，
春风十里落花迎。
南山向有南山寿，
赤子无非赤子情。

七　绝·赋十如论坛

2016 年 11 月 18 日，应邀出席广东溢达纺织在广西桂林举办的第三届十如论坛寄怀。

莲华经典诵佛陀，
论剑十如赋梵歌。

但誉桂林山水秀，

不教织女梦星河。

注：莲华经即是《法华经》，均是《妙法莲华经》的简称。“十如是”之“如”指一切万物真实不变的本性；“是”乃真实不妄的意思。十如是，语出《法华经·方便品》，唯佛与佛乃能究尽诸法实相。所谓诸法，即“如是相、如是性、如是体、如是力、如是作、如是因、如是缘、如是果、如是报、如是本末究竟”等。

七　绝·港珠澳大桥丁酉望怀

飞龙出海碧云波，

疑是虹桥入蜃河。

通济谁知非幻景，

长风驭浪向天歌。

五　绝·日晕奇观

光入卷层云，

圆虹染日晕。

冰晶成色彩，
举目有乾坤。

五　绝 · 瓜田李下有感

瓜熟莫入田，
李下免摘冠。
坦荡虽君子，
岂妨知避嫌？

五　律 · 七夕望怀

云台宫阙老，
津渡月萧萧。
织女驰星汉，
牵牛向鹊桥。
七夕无赖夜，
一岁一良宵。
万里悲天客，

翘思追梦遥。

七　绝·秋　径

风雨碾花泥作埂，
纵为拱背不成愁。
留香垄上知来路，
黄叶萧疏正是秋。

七　绝·遇　见

壬寅仲秋，于佛山滨荷文创园粤文坊艺术馆与久美嘉措上师一席谈及半盏渡里酒家宴兴寄怀，赠青海旦斗寺僧人，著名画家、诗人久美嘉措。

一树菩提一树缘，
半番渡里半番言。
菩提不尽菩提树，
渡里还因渡里仙。

七　绝·夏日遣怀

五月枝头烟雨散，

青葱成黛柳丝长。

绿醅几盏斜阳里，

布谷声中醉梦乡。

七　律·延安赋

黄土壑丘吹角寒，

刀戈牧种始轩辕。

纷争五路襟喉处，

横扫千军剑阵间。

万里长征归陕北，

三边转战驻延安。

霜风灯火传窑洞，

铁马飞歌绕塔山。

注：延安，位于陕西黄土高原丘陵沟壑区，自古被称为“边陲之郡”“五路襟喉”之军事要地。历史上，吴起、蒙恬、范仲淹、沈括等诸多古

代名将，当年毛泽东、朱德、周恩来等一大批老一辈无产阶级革命家和军事家在此施展文韬武略，上演了一幕幕金戈铁马的悲壮史剧。延安是中华民族五千年文明的发祥地之一，轩辕黄帝的陵寝就安卧在延安境内的桥山之巅，被炎黄子孙尊称为“人文初祖”，为中国历史文化名城。三边，既指陕甘宁边区，亦指陕北与延安的东、南、西这战事频繁之三个方向。塔山，指宝塔山。

2022 年 7 月，获国际诗歌网、华人文学杂志社、上海散文杂志社和中国最美游记评审委员会联合举办的 2022“延安杯”《中国最美游记》第六届文学大赛一等奖。入选《中国最美游记》2022 卷（中国文化出版社）。

七　绝·丁丑春寄（十首）

一

杨柳垂丝风漫絮，
一帘愁寂可伤春。
深闺梦里菱花瘦，
无计可消惆怅人。

二

红粉香泥销铁骨，
梦惊风雨动花魂。

芳心染绿长青树，
留作尘凡四季春。

三

睡兽懒残心绪困，
曲栏风雨落黄昏。
寂红深处愁约酒，
聊看飞花在暮春。

四

桃红烟雨花飞涧，
百啭鹂音悦耳鸣。
曲径寻幽芳客醉，
绿随杨柳染春风。

五

江南色调春如画，
好景年年应此时。
绿染新擎莺燕舞，
岁辞日月更留诗。

六

春倦熏风人已醉，

灵龟托梦夜游魂。

阶前自任西江去，

月寄东流酒一樽。

七

氤氲含露垂仙幕，

荻草痴风寄雁缘。

云锦江波一浩渺，

花台水榭醉流连。

八

三月桃红十里渡，

春风愉悦九江头。

梨花带雨凭君寄，

一任相思共水流。

九

陌上风铃花似锦，

彩蝶结对舞春芳。

旧时此地垂杨柳，

不胜今年看客狂。

流水行云随雁去，

几番风雨洗春秋。

飞花不晓人愁处，

却与愁思落渡头。

七　律·与长乐诗友共勉

乙未仲秋，有粤东家乡诗友从东莞来佛山宴聚。

高花湿泪莺啼处，

绝顶飞来绕殿寒。

落日天涯云雨霁，

流霜梦里案台悬。

新华月色凝桑梓，

长乐风情醉故园。

不用蓬莱着画意，
妖娆但使舞河山。

注： 新华、长乐，均为梅州辖地家乡地名；其中，长乐为五华旧称。

七 律·冬夜宴兴

日月如梭送水流，
流年似水洗菁葱。
琴箫剑气横霜胆，
花月松风竖雪鬓。
不枉白头安耄老，
宁当红豆遇玲珑。
夕斜绮户青灯色，
浅梦轻吟半醉中。

七 律·壬寅春寄

2022 年 3 月 6 日，于“古博获奖诗词品鉴交流赏读会——佛山市高明区作家协会暨高明诗社文学沙龙”即兴寄怀！

薄宦瘦田耕未辍，
尚思李杜久追寻。
风闲酒病浑烛照，
午正梦酣仙气吞。
鬓角微霜花泛月，
诗情厚道字安魂。
春山落木非迟暮，
红日西沉为复新。

注：2022 年 3 月 6 日，广东省佛山市高明区作家协会与高明诗社联合举办开春的第一场文学盛会。旨在对本人近两年在全国性诗文大赛中获奖的 30 首诗词作品进行交流研讨，以进一步地推动本土诗歌创作，营造崇尚原创文学的良好氛围。此次活动，由广东省作家协会会员、佛山市作家协会主席团成员、高明区作家协会主席冯雪颜召集，高明诗社社长林胜平主持，参加品鉴交流赏读会的同志包括来自作协和诗社的 20 余位会员。活动在西江之滨的佛山荷城（西江新城明湖畔）举办，文学沙龙除开展诗词品鉴交流赏读外，还举行了联欢晚宴。现场即兴诗唱，气氛热烈，高潮迭起！

五　绝·咏新华书店

壬寅岁仲夏，应邀出席佛山高明新华书店试业揭牌仪式兴赋。

百年书店号，
镌刻焕新华。
文化强国梦，
铸培时代花。

注：铸培，意指铸魂培根。1937年4月24日，新华书店创办于陕西延安。据历史记载，1939年9月和1946年1月，毛泽东同志先后题写了“新华书店”“新华书店总店”店招。后由中央出版部门按照毛泽东同志书写的字体为模本镌刻了总店店章，沿用至今并成为“老字号”招牌和著名商标。

五　绝·石　洲（两首）

壬寅暮春，书协美协作协等文艺界朋友前往佛山西部荷城石洲凌云花谷采风创作寄怀。

凌云花谷

花醉凌云谷，
梦寻诗酒间。
一川烟草里，

水墨染云山。

诗书画即兴醉吟

看龙飞凤舞，

闻翰墨飘香。

酒里同君醉，

梦中云水长。

歌　行·巴蜀梅朵格桑花

丁酉冬，四川南充蓬安、顺庆，以及成都等地之政协文史考察之旅咏怀！

粤客访蓬州，心波弥漫巴蜀古。

格桑梅朵，风雨亭外绰约，玉立如伫。

霜雪山前，仙子风姿。

画圣临丹，龙角山头周子渡；

凤求凰，司马赋。

忆风流人物，古镇悠悠。

嘉陵江上相如湖，大鹏振翅兮浪击千重。

日月浮台，滔滔碧海，

潋滟水生烟，迷茫盘雾。

望长潭，巨浪难盖赤诚，赞百牛携子。

格桑梅朵，湿地寒花作梦萦，

嫣然一笑泪沾，却洒君襟处。

杨柳但生玉门憾，格桑雪雨醉红颜；

长怀云海一片月，可留倩影入心湖。

注：行走在巴山蜀水之间，醉心于探秘巴蜀古文化。在南充蓬安考察期间，领略了龙角山画圣吴道子头像雕塑和画圣墨迹，以及周子古镇司马相如故里的人文历史故事和山水自然风光。隆冬时节，在浩瀚的嘉陵江上，我们文史考察团一行乘坐游艇顺流而下。当地“百牛携子”的传说，令人动容。然后登上河畔湿地，近距离地游览格桑花田园美景，感受她的绚丽容颜与绽放风姿。在冷风微雨的吹拂中，巴蜀梅朵——格桑花给我们留下了深刻的印象！她不仅是美丽的象征，还具有不畏霜雪和百折不挠的坚强品格。

古　风·西江月夜泛舟醉兴

芬芳盈袖水流年，

浅夏飞花梦杜鹃。

草木茵城春不了，

东君似去却蹒跚。
扁舟一叶轻劳顿，
醉里沉浮浪打闲。
零落风铃花更艳，
金黄蕨紫自成欢。
樵兰粉绿情无计，
姹紫嫣红色可餐。
幽梦阑珊云月醉，
船舭烛盏渡晕帆。
风情璀璨花钟爱，
杨柳相思黛岸烟。
月笼津迷河口阔，
潮平夜寂掩波澜。
阳春日暖春归去，
且看飞鸿几度还。
雪雨霜风沧海梦，
落红索性醉凡间。
春风不渡秋时月，
但送芳菲景满园。
湿杏沉香笛带雨，
短篷游弋酒销残。

古　风·荷城春

杨柳含情莺燕舞，
新桃约梦醉春风。
江湾雨霁星帆动，
花海盈香景致迎。
廓黛岚晴成画色，
丽河水秀入天青。
廊桥曲径莲池绿，
鹭跃波光潋滟生。
得览清欢随日暮，
半生烟火一城倾。
酒寻心绪花飞梦，
花若有心花动容。
溢彩流光逐暖树，
笙箫玉漏照霓虹。
尘缘花事随风落，
逝水东流日月经。

古　风・四时花木歌

正月梅兰兴贺岁，
桃园三月笑春风。
蔷薇四月香庭院，
五月石榴似火红。
春色如流风日暖，
秋光无赖遣芙蓉。
芳菲不与时年尽，
煮酒烹菊醉几盅。

古　风・腊八夜饮

腊八年近岁重生，
岁岁年年总不同。
诗酒情怀炉火旺，
庆丰盛宴祝东风。
枝头噪鹊临窗闹，

梅束新妆绽蕊红。
日晓芳菲春信早，
不觉吟醉过严冬。
堆萍蒿絮逐流水，
涧瀑飞游越谷鸣。
星月沉浮花过雨，
波光犹驻色空濛。
烟花明灭流年事，
云水天光入画屏。
香菡一池沉醉梦，
夜烛半照夜风清。

古　风·月寄兰舟

高蝉噤柳声鸿断，
酒里阑珊夜欲寒。
懵懂书生曾意气，
醺风吹醉不知年。
阶前一任西江去，
月寄东流梦海残。

菡萏囿香轻弥漫，

苑池谧影寂流连。

忘情几度山前雨，

洒落缤纷淌泪潸。

花露沉蝶惊宿雀，

梧桐降木袅炊烟。

相思尽染黄菊老，

霜鬓堪白自释怀？

何日兰舟能复见，

灵龟塔畔问龟仙！

注：何日兰舟能复见？灵龟塔畔问龟仙！深秋之夜，月色宜人。在佛山荷城灵龟园附近的聚江楼上，凝望西江，回首那段难以释怀的初恋岁月，想当年因自己少不更事地决绝，想当年她上客轮辞别时那一双忧伤的眼神，我的眼前都会浮现出当初她那青涩、倔犟而又娇羞的模样！

古　风·富湾春江

陌上年年花似锦，

岸边岁岁柳呈青。

沙寮春水南蓬月，

荷富湾江御海城。
竹舞从容鸣雀跃，
一枝一叶系风情。
花神春日花朝贺，
条彩纤纤俱赏红。
醉唱高吟拂馥瑞，
香馨荏苒郁青葱。
霞红峦黛花如卷，
对影相思酒一盅。
桃李芬芳十里醉，
暗香盈袖舞春风。
几番秀色偿心事，
两岸风光景不同。
柳眼梅腮花钿宠，
风阑意马画烛屏。
倚门回首珠帘卷，
高镜台前照落英。
无计留春愁自个，
惜春春去更匆匆。
春深如许斜阳后，
寂寂黄昏半雨晴。

央夜绿萤酣似醉，
春风几度共月明。
多情枕梦阑珊意，
花语窗轩细细声。
醉里嫣然痴盼顾，
思牵魂绕梦娉婷。
一壶芳醑留山水，
半醉长风半醉卿。
领略春风今日事，
晓知复去夏秋冬。
云翻雨覆无常态，
时序炎凉处处逢。
荷雨江南花伞宠，
曈光妩媚海潮生。
霁吟茵绿梧桐翠，
妙啭婉悬青鸟鸣。
意气芳菲花月晓，
碧簪绾发枕春眠。
时光煮酒情怀醉，
花落重重月下迎。
畅雨和风知向暑，

牡丹犹艳满园惊。

醉吟西水凭栏寄，

长恨相思不老成。

云卷云舒闲日暮，

去留无意任飞鹏。

注：富湾，位于粤中佛山西部荷城南逢山麓，为濒临西江一渔村。与广东四大名山之一的南海西樵山，以及太平沙岛隔江相望。富湾春月之夜，江波潋滟，景色醉人。无论是在美食街把盏临风，还是行走在杨柳摇曳的江堤岸上，诗情画意都会犹如春风一般迎面而来！

菊之篇

菊，为中国十大名花之一，与月季、香石竹（康乃馨）、唐菖蒲（剑兰）合称世界四大切花。在中国传统文化中，菊不惧风霜，有顽强的生命力，高风亮节。古神话传说里，菊还被赋予吉祥、长寿的象征。与“梅、兰、竹”并称“四君子”。

菊花具有凌寒飘逸、特立独行、不趋炎势的品格。因陶渊明采菊东篱下，其由此得称“花中隐士”之雅号。正可谓：

月清野寂露凝香，英气金华九月黄。
槛外芳菲成醉色，风姿飒飒更凌霜。

黄华绝胜醉金英，骨染霜花色自成。
纵使凋零风景在，满头飞絮任峥嵘。

——古博《七绝·咏菊》（两首）

菊醉霜籬
古琪壬寅年
畫於佛山高明

沁园春·琴江赋

壬寅立秋，思乡寄怀。

琴水悠悠，南北双源，凤鸟舞龙。贯河梅两地，蜿蜒百里；长乐一域，沃野千顷。二次东征，华阳战役，老蒋丢车败麦城。旌旗展，誉玫瑰带刺，铁血英雄。　　七娘滩外浮瀛，风景五华形胜画中。鉴河山凋敝，黄猿夜号；宋兵溃困，赵昺途穷。古臼神石，龙狮殿顶，亿万斯年混太清。琴口去，过安流水寨，一路涛声。

注：格律依北宋著名词人苏东坡代表作《沁园春·孤馆灯青》体。

琴江，起自沿海河流韩江源头之一粤东的河源市紫金县七星崇，止于梅州市五华县水寨镇，后依次汇入五华河、梅江、韩江。琴江长 136.5 公里，流域面积 2871 平方公里。河段流经紫金县、五华县，主要支流有北琴江（华阳河）、白泥河（优河）、周江河、洑溪河（平安河）、大都河、蕉州河、小都河等。河梅，为河源梅州简称。长乐，为五华县旧称，因赵佗在五华山下筑“长乐台”以迎受汉文帝所赐封的“南越王”印绶和诏书而得名。七娘滩，位于紫金流入五华县龙村镇地域后的交界河段。琴口，位于五华县梅林镇，为南北琴江交汇处。安流、水寨，分别为五华南部重镇和县中心城镇。

二次东征，1925 年 10 月至 11 月，在第一次国内革命战争中，广州国民政府东征军在广东地区对军阀陈炯明残部的一次进攻战役。“败麦城”，为化用《三国演义》中关云长败走麦城而被擒杀的历史典故。

玫瑰带刺，词中特指革命先驱古大存（1897.4.24—1966.11.4）。古大存，广东五华梅林人。1924年加入中国共产党，参加了第一、二次东征，后历任广东省农会特派员、中共五华县委书记、广东工农革命军第七团队团队长、五县暴动委员会书记、七县联委书记、东江工农红军总指挥等职务。1930年，中国工农红军第十一军成立，古大存任军长。抗日战争期间被任命为广东省委统战部部长。1939年，古大存作为“七大”代表率领南方代表团赴延安，参加了整风运动，被毛泽东同志誉称为“带刺的玫瑰花”。后来在延安工作，任中央党校一部主任。1945年，古大存出席了中共七大，当选为候补中央委员。抗战胜利后，古大存先后任中共中央东北局组织部副部长、交通部长；新中国成立后，担任中共中央华南分局副书记、广东省人民政府副主席，广东省委书记处书记、广东省副省长。

龙狮殿位于粤东梅州最南端，正处北回归线，海拔近1000米，交梅州、河源、汕尾三市之界。四面高山环绕，地势险要，犹如一口巨大的铁锅镶嵌在山顶上，气势如虹，震撼人心。龙狮殿拥有许多经过几十万甚至上百万年发育而逐渐形成的古石臼群，沟壑纵横，堪称奇景。相传公元1278年南宋末年，帝赵昺在元兵的追赶下，仓惶南逃至此并欲建殿御敌。后因闻“黄猄”（当地客家话，与“王惊”谐音）之嚎叫而担心不祥，便连夜点燃槙竹火把冒雨继续南逃。次年3月，在广东新会的崖门海战中，左丞相陆秀夫背负少帝赵昺壮烈投海，十万军民追随跳海殉国，至此南宋灭亡。

忆江南·华　阳

华阳梦，梦里是华阳。桑梓桥头琴水暖，母亲冢里骨泥黄。能否不哭娘？

注： 格律依唐代著名诗人白居易《忆江南·三首》（江南好）体。

华阳，位于粤东梅州五华，乃山区一镇。琴水，即琴江，自南向北与五华河汇合后注入梅江。华阳镇位于北琴江上游，北琴江是华阳的母亲河。桑梓桥头琴水暖，母亲冢里骨泥黄。庚子岁七月十三，是本人母亲逝世两周年忌日。此岁此日，想起了母亲和故乡，想起了儿时母亲曾经拉着本人那幼小的手走过风风雨雨，走过那母亲河上的那座母亲桥！

鹧鸪天·春日游

春日衣薄忽暖寒，几声笑语丽人欢。莺啼陌上花枝展，不减风流追少年。　　波潋滟，水留连。横塘暮落柳成烟。借得桃李溪边梦，雁去无声月未圆。

注：格律依南宋著名词人辛弃疾《鹧鸪天·有客慨然谈功名因追念少年时事戏作》体。

十六字令·风

风，越海飞花漫雪城。思云雨，追月雁留声。

注：格律依南宋著名词人袁去华《十六字令·归》体。

卜算子·辛丑元旦

白雪映寒梅，红日开元旦。一岁风情始雪霜，夜尽昏霾散。　　几度报平安，唯恐瘟君返。万里河山自有春，不负人间爱。

注：格律依北宋著名词人苏轼《卜算子·黄州定慧院居作》体。

自农历庚子年初起，新型冠状病毒肺炎疫情迅速蔓延，全球泛滥。几经全民艰苦抗疫，我国疫情得以有效遏制。2021 年元旦，本作品发表在国家级杂志《中华辞赋》(新年特刊诗词专号)。

采桑子·辛丑除夕思怀

为切实加强防控新型冠状病毒肺炎，各地倡导就地过年。辛丑除夕之夜，乡情亲情之思难禁，加之母亲离世后，父久病卧床，大年之夜我未能榻前侍奉，愧疚之余，遂作此词以遣怀。

亲情不老恩难忘，岁岁年年。岁岁年年，父母恩情常梦牵。　　一年一度除夕夜，犹恨新冠。犹恨新冠，几许乡愁游子煎。

注：格律依五代文学家、词人和凝《采桑子·蝤蛴领上诃梨子》体。

渔家傲·七七事变祭

1937 年 7 月 7 日，日军悍然炮轰宛平，进攻卢沟桥，史称“七七事变”。这一天，刻印着一个民族心灵上难以愈合的伤痛。纪念，是为了不能忘却；祭告，是为了不容亵渎！

落日卢沟桥上柳，梦残几度孤城瘦。铁马鞭腥风怒吼。迎倭寇，京华血染残阳后。　　抗战维艰持岁久，“七七事变”孰能否？霜雪悠悠天地叩。歌不朽！雄狮已醒精神抖。

注：格律依北宋政治家、军事家范仲淹《渔家傲·秋思》体。

作品发表在中国作家网、中华诗词网等网络平台，入选《中华情全国诗歌散文作品选集（第六卷）》（中国文化出版社，2021 年 3 月版）。

西江月·醉览千户苗寨

乙未初秋，在贵州西江千户苗寨旅游过程中，有感于篝火晚会上苗族女孩的盛情敬酒，兴而赋之。

醉落繁星闪烁，悠扬几曲轻闻。堆堆篝火舞缤纷，几度开怀畅饮。　　灯火半山若隐，苗家五德司晨。日出东岭照流云，千户风情揽尽。

注：格律依北宋著名词人柳永《西江月·凤额绣帘高卷》体。

五德，出自《韩诗外传》。据载：鸡有“文、武、勇、仁、信”五德。故，五德为鸡之美称。

鹊桥仙·七　夕

金风玉露，华灯碧树，旱地鸳鸯无数。想当年我亦如斯，但莫作，牛郎织女。　　一生一世，七夕几度？谁忍把相思负？无心伤害恐多情，除非是，今生不遇。

注：格律依南宋文学家、史学家、爱国诗人陆游《鹊桥仙·华灯纵博》体。

望海潮·双奥北京

北京，成为世界上第一个，而且也是目前全球唯一一个“双奥之城”。

纯洁冰雪，激情盛典，又迎圣火荣光。华夏古国，和平友谊，文明礼义之邦。且历史悠长。北京奥运会，谱写华章。双奥之城，为世界再创辉煌。　　百年奥运沧桑。“九·一八”事变，日寇猖狂。拥伪满洲，图谋染指，中国参赛何妨？今社稷安康。筑梦新时代，民富国强。看北京冬奥会，任健将铿锵！

注：格律依北宋著名词人柳永的《望海潮·东南形胜》体。

本作品创作于壬寅初春北京冬奥会期间，2022 年 2 月 15 日，发表在广东省作家协会诗歌创作委员会主办的《文艺之花》传媒公号“诗绘冬奥”特别版。2008 年 8 月 8 日 20 时北京奥运会、2022 年 2 月 4 日 20 时北京冬奥会，先后在中国国家体育场（鸟巢）隆重开幕。

中国第一次参加奥运会，要追溯至 1932 年美国洛杉机第 10 届奥运会。1931 年，中华全国体育协会被国际奥委会纳为正式会员，此时中国方具有正式参加奥运会资格。然而，就在当年 9 月 18 日日本悍然发动震惊中外的“九·一八”事变。且在东北扶植建立傀儡政权伪满洲国，并为在次年举办的第 10 届奥运会做起了文章，试图在体育领域为伪满政权获得国际承认打开一个突破口。在此特殊情况下，中国通过多方努力，派出来自占领区的短跑运动健将刘长春代表中国参赛。目的就是为中国在国际上宣示东北主权，政治意义非凡。刘长春，是中国正式参加奥运会赛事的第一人，也是中国参加第 10 届奥运会的唯一一位运动员。

水调歌头·中　秋

壬寅中秋之夜，于佛山荷城沧江南岸长乐轩望月寄怀。

千古月明夜，不老一清辉。广寒深处难晓，几度见盈亏？滟滟光波万里，岁岁人情相似，愁绪可饶谁？舞盏临风醉，共影梦中归。　　晴岚去，阴云转，照流恢。花开花谢，只道，世事有轮回。莫论离合悲欢，心境如天依旧，尽管雾霾飞。熠熠光明月，自肯越重围。

注：格律依北宋著名词人苏轼《水调歌头·明月几时有》体。

莺啼序·百年回望

辛丑“七一”，适逢中国共产党成立100周年志庆。岁初遂作此词，以表咏怀！

苍穹焕然斗转，裹风雷问世。战危难，石破天惊，为庶黎舞霹雳！大革命，风云诡变，图“清共”蒋汪割义。第一枪，兵举南昌，建军兹始。　汉口“八七”，论断果瞩，挽狂澜宥弼。反“围剿”，艰苦长征，破重关踏绝地。救中华，联合抗日，雪国耻，谁书青史？占南京，决胜全国，巨人巍屹。　雄狮已醒，抗美援朝，更扬眉吐气。现代化，改革开放，“九二”南行，港澳回归，日驰千里。中国特色，和平发展，西方安罢神州善？勇攻坚，为复兴崛起！全民抗疫，犹彰大爱中国，党迎百诞之禧！　难方显勇，砥砺得成，道远须力毅。便展望，航途行稳，再续征程，斩浪劈波，进发毋止！红船所系，中国希望。台湾之统一日盼！爱中国，当顺乎民意。人民就是江山。百载初心，共舟维继！

注：格律依南宋著名词人吴文英《莺啼序·残寒正欺病酒》体。

2021年6月，本作品获国际诗词协会、国际诗歌网、《华人文学》杂志社和《上海散文》联合举办的“中国百年百位优秀诗人”全国文学大赛银奖，本人被授予“中国百年百位优秀诗人”称号，作品入选《中国百年百位优秀诗人（精品集）》（中国文化出版社，2021年10月版）。此外，本作品发表在中国作家网、中华诗词网、中国诗歌网、中国散文网等网络平台，入选《2021年中外诗歌散文精品集》（中国文化出版社，2021年10月版）。

苍穹焕然斗转，裹风雷问世。战危难，石破天惊，为庶黎舞霹雳！指党的“一大”会议突破重重险境和困难，终于在嘉兴南湖的红船上得以召开，会上正式确立“中国共产党”的名称，并首次提出党的纲领。从此，命运多舛的中华民族和中国革命在黑暗中迎来了曙光。

汉口“八七”，论断果瞩，挽狂澜宥弼。特指党在汉口召开的“八七”会议。这次会议是中国共产党历史上的一次重要会议，它在中国革命遭受严重挫折后，总结了斗争经验和失败的教训，结束了陈独秀右倾投降主义在党中央的统治。会后不久，毛泽东主席提出了“枪杆子里出政权”“农村包围城市”等一系列著名的重大论断。因此确定了党在农村领导武装暴动、开展土地革命的斗争方针。宥弼，意指机密、重要，出自王珪（宋）《三司使礼部侍郎田况可枢密副使制》一文。

五　律·泰　山

癸未秋，游山东，登泰山赋。

游剑登天道，
吁巇礼岱尊。
日光骑隙过，
夜色遏霞沉。
莫论乾坤大，
总觉山月亲。
磅礴东岭曙，
足下一红轮。

注：泰山，又名岱宗、东岳、泰岳等。位于山东中部，隶属于泰安，绵亘于泰安、济南、淄博三市相交之地。主峰玉皇顶海拔1532.7米，气势磅礴，雄伟壮观，有“五岳之尊”“天下第一山”之美誉。作品发表在《中华诗词》杂志（2022年第9期，总第283期），入选《文脉中国——中华优秀文学作品2022年选》。

五　律·华　山

乙酉岁末，登华山赋。

云雨接秦岭，

霜风布渭川。

巨灵开造化，

大禹缚狂澜。

元首霄中剑，

险绝天下山。

嵯峨华夏柱，

气宇撼苍寰。

注：华山，又名太华山、西岳。华山位于陕西渭南，南接秦岭，北瞰黄渭，自古便有“奇险天下第一山”的说法。华山是中华民族的圣山，中华之“华”源于华山，有“华夏之根”之美誉。有东、南、西、北、中等诸多名峰，其中南峰绝顶为最高峰，海拔 2160.5 米。南峰，也是五岳中的最高海拔处，古称“华山元首”。

据载，炎黄尧、舜、禹等古代众多帝王及著名历史人物均曾往华山巡视治水游历祭祀，历史人文资源和文化积淀异常丰厚。巨灵，为古代传说中的黄河河神，与华山有不解之缘。巨灵擗太华和少华两山，引黄河出龙门。在河神巨灵的帮助下，三过家门而不入的大禹历尽艰难并成功治水的典故在民间广为流传。狂澜，指滔滔黄河之水。作品发表在《中华诗词》杂志（2022 年第 9 期，总第 283 期），入选《文脉中国——中华优秀文学作品 2022 年选》。

七 律·衡 山

癸巳暮春，登衡山赋。

惆怅天涯春欲尽，

杜鹃啼血雁低鸣。

南山日暮云天厚，
北斗星辉瀚海清。
曲水凭栏花放艳，
菱歌飞镜月开明。
洪波梦古关荒野，
醉意千寻舞落英。

注：衡山，又名南岳、寿岳、南山等，位于湖南中部偏东南，绵亘于衡阳、湘潭两盆地间，主体部分位于衡阳，最高处祝融峰海拔 1300.2 米。衡山，既是中国著名的道教、佛教圣地，也是古代君王巡疆狩猎祭祀之地。

七律·恒山

乙酉岁末，登恒山赋。

崖悬梵境多宫庙，
雾霭生风壑壁寒。
玄武混开存太朴，
翠峨环拱越长巅。
常山蛇阵旌旗猎，
大漠燕台烽火连。

月寄春秋随雁过，

逍遥自有洞中仙。

注：恒山位于山西大同，古称玄武山、北岳、玄岳等。其中，倒马关、紫荆关、平型关、雁门关、宁武关虎踞为险，是塞外高原通向冀中平原之咽喉要冲。主峰天峰岭在浑源县城南，海拔2016.1米。常山蛇阵，为《孙子兵法》中所载战法，是中国古代著名军阵。东晋《道迹经》有云，五岳及名山皆有洞室。其中恒山为第五洞天，称惣玄洞天。

五　绝·嵩　山

乙酉岁末，登嵩山游少林寺赋。

嵩阳一片月，

皎皎九州亲。

华夏英雄气，

汤汤有少林。

注：嵩山，又称中岳，位于河南西部，登封西北部，东、西部分别毗邻郑州和洛阳古都，属伏牛山系。主峰峻极峰位于太室山，高1491.7米；最高海拔连天峰为1512米。嵩山，乃中国佛教禅宗发源地和道教圣地，亦是中华功夫之源、武学之圣地。嵩阳，为河南登封旧称。

七　绝·咏　菊（四首）

一

月清野寂露凝香，
英气金华九月黄。
槛外芳菲成醉色，
风姿飒飒更凌霜。

二

黄华绝胜醉金英，
骨染霜花色自成。
纵使凋零风景在，
满头飞絮任峥嵘。

三

露染光华秋色重，
冰寒玉骨抱芬芳。
画兰开处风霜恶，

昂首东篱雁断肠。

四

夕落山阴寂夜长，
金风拂槛满庭香。
秋丛筑就陶家院，
煮酒一壶吟月光。

七　绝·辛卯岁暮（六首）

一

岁岁一别十二月，
可怜日日惹相思。
霜寒秋色风侵梦，
流水飞花总有期。

二

珠寒碧露风霜晓，
草木萧疏落浅黄。

夜雨敲窗寻入梦，
阶前桐叶染秋香。

三

菊就重阳花落酒，
莫因愁绪对秋风。
踏歌吟月得能醉，
香正气清天地同。

四

秋雨秋风秋瑟瑟，
秋花秋月总思秋。
悲秋自古因人事，
岂可让秋强作愁？

五

淡云碧月清江水，
尘土流年木本华。
冬雪连寒谁送暖，
春风入酒醉飞花。

六

草蔓夕斜江水去，

西风拂柳瘦云烟。

山河冷落危栏外，

瑟瑟荻花染雪颜。

七　绝·中元夜醉（三首）

一

风雾香霾槐子梦，

酒酣日暮暑难收。

灯昏烛暗灰白路，

愿与鬼神偕手游。

二

纸灯烛影荡河清，

槐露香风水月明。

星斗云烟留夜醉，

梧桐亭外祭无声。

三

香火祭烛招夜黑，
梦灵游魅不知归。
哪家祀品阴魂认？
灰灭烟飞烬一堆。

五　律 · 粤东五桂山秋夕泛舟

山鸟忽飞跃，
青溪傍翠幽。
棹斜夕钓影，
光泛浪浮舟。
坐看云天转，
笑言花月流。
采风金桂下，
摇落一潭秋。

七　律·梧桐雨寄

暑晴愁晒蝉鸣树，
岁暮惊寒夜梦霜。
陌上杨花春日醉，
阶前桐雨秋叶黄。
可堪天命云沉月，
不苟营生气困肠。
岂恐前程多险阻，
但教尘世笑沧桑。

七　绝·枫　叶

若借秋风差信使，
可托红叶寄相思。
离愁万苦笺一片，
愿化悲鸿月夜辞。

七　绝·残　荷（三首）

一

霜凝薄水瘦荷艰，
雨虐风经叶盖残。
蜓点枯瓢擎未尽，
蓬娘藕子孕韶莲。

二

菡香曾就夏风迎，
待到秋来嗅更浓。
听雨残荷坚骨在，
枯蓬漏盖立红蜻。

三

岁寒风月夜犹侵，
零落成泥骨寄身。
漏盖凌霜留倩影，
回眸一笑又迎春。

七　绝·壶口瀑布

虎跃河槽马印蹄，
涡漩悬注一壶施。
雷鸣涧谷长虹卧，
万里龙腾瀚海移。

五　律·黄果树瀑布

风势排山动，
声雷震耳聋。
练帘垂四野，
旭日贯双虹。
才探龙王洞，
又巡天子宫。
星河从此裂，
断壁挂苍穹。

注：2015 年 8 月，在贵州黄果树瀑布等景区旅游期间采风创作。2020

年 8 月，获中国散文网、中华诗词网，以及世界诗人大会中国办事处、华夏博学国际文化交流中心等机构联合举办的“第七届中外诗歌散文邀请赛”一等奖。作品先后发表在中国作家网、中华诗词网、中国诗歌网、中国散文网等网络平台，入选《2020 年中外诗歌散文精品集》（中国文化出版社，2020 年 12 月版）。

七　律·中　秋

皓魄云天清气坠，
月明冰彩九州同。
秋思尽落寒山暮，
雁过犹鸣大漠空。
飞镜霜林千里外，
探花缘梦一帘中。
玉露游离酾客醉，
华新碧桂晓金风。

七　绝·江畔春晚

欲尽阑珊春去晚，

江流远上百花妍。

只知住杖寻山水，

半醉风情半醉仙。

七　绝·肇庆七星岩览胜

砚肇崖端石刻古，

七星光色一佛丹。

风情岩胜凭湖景，

客鲫游舟乐不还。

七　绝·秋　遣

西风自古寄情殇，

无奈霜花草木黄。

莫道悲秋因寂寥，

岂凭爱恨喂肝肠？

七　律・丙申母亲节赋

几度忘忧花苦香，
含辛萱草铄金黄。
母慈百岁常人盼，
子逆无情长者惶。
风暖棘心归众善，
雀盈慧语向林芳。
寸心难报春晖尽，
碧荫堪遮夏日凉。

七　绝・丁酉母亲节赋

椿萱雪染满枝头，
折尽芳华凤骨留。
绿地飞花逐梦去，
根茎默默守乡愁。

七　律·戊戌七月十三为母守夜哀挽

蝶绕幡灯彻夜飞，
恩亲难舍梦魂归。
黄泉暗饮沾巾泪，
娘酒清酌饯奠灰。
亚岁严情曾敬履，
旧时倦育尚怀夔。
葭吹六琯阴阳地，
数九寒衣问冢蕤。

七　绝·戊戌七月十七送母出殡哀挽

夜嘶残月泣风黑，
生死难辞却已别。
深跪地门长叩首，
恩慈千古挽悲绝。

七　律 · 庚子清明忆母亲哀思

湿尽春声啼杜宇，
一蓑烟雨一蓑云。
花开犹落斜飞燕，
雨霁更闲垂钓人。
把盏东风花不语，
踏歌西岸柳成阴。
关山不愿隔乡道，
回梦还愁忆母亲。

七　绝 · 汨罗江怀古

长河古调泣风波，
一曲离骚寄汨罗。
楚有屈公绝唱在，
今谁尚赋涉江歌？

七　绝·古劳踏青

杨柳垂春鸣雀跃，
梨花带雨尚凝枝。
轻烟散绕秋千索，
把盏疏篱醉赋诗。

七　绝·大别山寄

丁酉岁春夏之交，河南信阳大别山干部学院学训之旅寄怀。

大别千里寄别愁，
信若飞鸿梦里游。
霞缱云裳花悯月，
岭南一日豫三秋。

七　律·印象大别山

丁酉春夏之交，前往河南大别山干部学院学习及大别山附近革命老区红色景点参观之旅寄怀。

鄂豫皖边革命史，
老区印象大别山。
红田血雨腥风恶，
英烈雄魂斗志坚。
逐鹿中原求解放，
挥师北上挽狂澜。
荣光继往传真理，
浩荡巍峨气凛然。

五　绝·游子吟

天涯游子梦，
萱草母亲花。

才梦堂前草，

堂前日又斜。

七　绝·乡山华阳行

丁酉中秋，回粤东华阳老家重游深山父辈原耕作地滑石塘感怀。

溪月秋夕醉落黄，

离愁便是梦中乡。

滑石塘坳追年少，

笛寄重山雁两行。

七　律·华　阳

夕落溪田暮袅烟，

影叠畲谷月流连。

村前老井年年守，

山里青藤岁岁牵。

父长亲尊曾教诲，
天高道远任登攀。
梦中愁绪情难计，
惟负壮心失诺言。

五　绝 · 荷湖寻鹭

丙申初夏，应邀出席鹤山市旅游文化节相关活动。于西江之滨鹤山古劳水乡荷湖游舟寻鹭咏怀。

风皱田田水，
小舟拂菡香。
为寻白鸟去，
兜转满荷塘。

七　律 · 村溪夜醉

醉眠昨夜樽前梦，
无奈别时不晓君。

曼妙云烟溪映月，
娉婷花事雀鸣春。
轻风翦雨功名去，
薄宦游尘酒赋寻。
浅唱低斟思潋滟，
笙箫一曲送嚣淫。

七　律·苍山洱海行赋

丙申仲夏，苍山洱海行咏怀。

冰雪点苍十九峰，
山海绝然景不同。
碧岭云横青玉带，
锦溪花簇翠微风。
天涯明月悬高镜，
神菜灵湖溢彩瀛。
镇水金鹏崇圣殿，
三寻塔寺一钟鸣。

注：点苍，为苍山当地别称。悬高镜，意指高海拔的洱海犹如一面天

镜，明镜高悬。神菜，在洱海神话故事中传说生长在海底的一棵大白菜。一钟，为寺内钟楼悬挂的中国第四大钟，云南第一大钟。

七　绝·易水怀古

己亥孟夏，与山西晋中同行王主任交流诗作并赠。

不见今时易水寒，
但闻壮士发冲冠。
江山代有英豪客，
生死置之犹等闲。

注：易水，位于河北易县。史载，战国末期著名刺客荆轲，卫国人，胆识过人，擅长技击之术。曾游历燕国，被太子丹尊为上卿，后被委派去行刺秦王。公元前 227 年，荆轲携秦逃将樊於期头颅和夹有匕首的督亢（今河北易县、涿县、固安一带）地图，欲趁献图之机行刺。但后来，图穷匕现。刺杀秦王政未果，反为所杀。

荆轲入秦之前，在易水边与燕子丹等众人辞行。吟唱道：“风萧萧兮易水寒，壮士一去兮不复还。”场面悲壮，传为世人称颂的一段佳话。

七　绝·中秋夜醉

己巳中秋夜，于西江之滨的佛山南蓬山麓富湾沙寮渔村望月醉兴。

月月月圆三五夜，

秋秋秋去复思秋。

乡愁莫寄樽前月，

醉在异乡愁更愁。

注：三五夜，指农历每月十五的月圆之夜。

七　绝·立　秋（两首）

一

日暮蝉鸣云淡淡，

早秋如虎火流薄。

三伏纵过仍留暑，

正好与君寻夜酌。

二

虎狼不仅山中有，

流火更嫌八月长。

莫道金风从此起，

汗蒸酒盏亦芬芳。

五　律·处　暑（两首）

一

秋日如期至，
暑屈花肃然。
南山结暮练，
西月候晨烟。
浦上清风醉，
水央微雨闲。
云飞白鹭岛，
孤雁引长天。

二

秋风祈扼手，
狂暑遁荒林。
花落石潭皱，
叶飞山壑深。
不言恬淡在，

但悟性情真。
明月杯中去，
朝云梦里寻。

七　律·白　露

阶凝白露露凝团，
月色生辉夜带寒。
风韵一池香菡萏，
华清四野朗云天。
酒浊易煮愁犹甚，
情醉难尝苦不堪。
心有梧桐飞凤在，
借得霜叶为秋丹。

五　绝·秋　分

悠悠花月夜，
滟滟载扁舟。

月落长潭梦，

荻花送水流。

七　绝·秋　分

金风拂柳碧丝垂，

深径侵芳入翠微。

篱外菊香黄鸟醉，

一山秋色一夕晖。

五　绝·寒　露

夜露渐凝霜，

风侵草木黄。

菊篱拘月色，

暖酒且何妨？

七　绝·寒　露

缤纷舞起落红英，
云野惊鸿掠旷空。
清露凝霜寒意重，
荷残蝉噤寂秋风。

七　绝·霜　降（两首）

一

霜序人间秋色尽，
花开花谢梦无常。
不眠长夜西风舞，
应晓阶前落木黄。

二

寒翠芳条风落木，

红灯繁罩柿如榴。
严霜为裹枝头愿，
一串丹心九月秋。

七　绝·立　冬

江波残卷柳堆烟，
千里夕晖鹤影单。
隔水孤舟愁冷锁，
不觉今日已冬寒。

七　绝·小　雪

天地积阴寒未透，
露凝霜气雀巢深。
新粮酿就明春酒，
冬腊风腌好几囤。

七　绝·大　雪

寒雪雪寒寒雪白，
风残香破报梅开。
雪寒寒雪寒白雪，
为信春芳踏雪来。

五　绝·冬　至（两首）

一

日行南复北，
时令大如年。
阳气随冬起，
衣食数九寒。

二

明月落花前，

夜侵烟水寒。

黄华熏草木，

雁过雪霜天。

七　绝·小　寒

琼英飞雪梅先放，

寂夜初长已小寒。

且问枝头谁寄月，

屠苏入梦近年关。

七　绝·大　寒（两首）

一

疏篱尽望三山月，

酒煮炉红已醉君。

雪苑落梅香梦里，

大寒之后是阳春。

二

冬侵肃穆寒方罢，

万象更新始是春。

但使花开铺锦绣，

必由清气朗乾坤。

五　绝·大　寒

今夜寒无雪，

诗情酒一杯。

玉梅先已报，

鸿雁送春归。

七　绝·醉美泸州

戊子岁秋，与四川友人于泸州长江之畔醉兴。

琴抚霜操诗祖祭，

江流击浪舞长鲸。

平常一样泸州美，

老窖几瓢绝不同。

七　绝·红蜻蜓

止水扶莲残盖漏，

飘零色色撒秋霜。

风花物候蜻蜓戏，

对对红颜舞靓妆。

七绝·丁酉豫南信阳思怀

晨梦相思啼雀醒，

一别两地总愁吟。

月圆花好风情醉，

愿寄红颜夜夜心。

七　绝·杭州孤山梅赋

丙子岁隆冬，游杭州孤山感怀。

梅情鹤意寄孤山，

淑气清华盖雪寒。

霞绽花容西子在，

梦留佳美醉犹酣。

注： 据书所载，北宋处士林逋隐居杭州孤山，不娶无子，却痴于植梅放鹤，因而“梅妻鹤子”被传为千古佳话。他的《山园小梅》诗中有名句“疏影横斜水清浅，暗香浮动月黄昏”，更是写梅花之千古绝唱。

七　绝·七夕醉吟

银河月照鹊桥边，

织女牵牛世外缘。

此酒本应天上饮，

奈何流落醉尘凡。

七　绝·冬夜醉吟

酌花对影吟风月，

一片笙箫把岁携？

酒煮红尘剔浊浪，

流光逝水载无邪。

七　绝 · 暮春醉吟

荡尽东风酌醉月，
觚觥欲盛却交斜。
摇摇绰绰杯中影，
除却诗情有哪些？

七　绝 · 晚江霞涌

长风抚绪霞晕涌，
夕送天边一抹红。
若问苍黄愁几许，
鬓霜半染老顽童。

七　绝 · 醉重阳

金风醉梦夜思乡，
霜露凝寒月色茫。

菊咏黄华愁客忆，
云山攫彩寄重阳。

七　绝·深秋夜醉

尔来吾往风吹过，
花叶黄红俱感伤。
几度秋霜寒月夜，
半番醉意任天光。

七　绝·己亥上巳节陪父往梅州访医并游客天下（两首）

一

客天下客访梅州，
问父病之医客都。
游且乐游疾且忘，
鬓花碧树俱白头。

二

三月初三迎上巳，
木棉红杏任飞花。
父亲久坐梅江畔，
爱看游舟送晚霞。

七　绝 · 丁酉元旦遣怀

霜林无限伤心地，
花月春风恰正来。
年岁旦夕皆是去，
一壶酒待一壶开。

七　绝 · 观古琪绘鱼趣图题

鱼趣惊心潜入画，
妙荷澹墨载田田。

鲜活不负丹青手，
风物无遗跃眼前。

七　绝·赋诸葛亮诫子书

俭以立德勤励精，
淡泊明志冶陶情。
穷庐悲守及何复，
行远持修事竟成。

七　绝·花落短篷

云雨风花岸两头，
苍茫跌宕一扁舟。
落花不晓人愁处，
却共愁人送水流。

七　绝·咏文坛不老松乐拓老前辈

耄至耋兮不老松，

鬓苍骨角笑峥嵘。

书涛翰海文山雨，

咏月吟风傲雪中。

七　绝·建国七十周年大阅兵赋

雄兵气宇斥方遒，

重器强军震五洲。

莫道太平忧患少，

止戈未雨计绸缪。

七　绝·丁酉大别山颂怀

征鸿声断悲云月，

万壑风流铁血腥。

逐鹿中原鏖战勇，
大别山上尽英雄。

五　律·忘忧草

堂前萱草盛，
风雨裹春秋。
日见金花长，
夜闻芳气幽。
言心皆寡欲，
念子唯多愁。
试问谁阿母，
岂能真忘忧？

七　绝·卢沟落日

庚子年7月7日，“七七事变”83周年祭。

卢沟落日柳桥残，
铁血京华梦魇煎。

勿忘耻殇仇寇忾，

戈矛修我雪犹寒。

注：戈矛修我，用典。语出《诗经·秦风·无衣》："修我戈矛，与子同仇。"

七　律·丙子元旦登泰山望怀

日出东岭一红彤，

万里云霞蔚太空。

朝气既开初娩夜，

新年伊始复为童。

岂凭寥落担愁事，

但任崎岖看劲松。

樽暖花前勤照影，

酒寒高处醉长风。

七　律·夜醉千户苗寨

乙未岁初秋夜，贵州西江千户苗寨之旅醉遣。

醺风吹醉繁星落，

夜树流光舞彩河。
一曲苗笛三碗酒，
半堆篝火几回歌。
此间已在桃源处，
哪里还寻世外窝？
万紫千红皆不是，
瀛洲留梦寄蹉跎。

五　律·日子神遣

日暮江流远，
落霞飞满天。
长风随雁去，
明月对山悬。
夜遣杯中影，
晨酣梦里仙。
晌茗诗作伴，
永昼莫虚闲。

七　绝 · 小年夜思

官三民四船家五，

花落风尘叶见黄。

酒煮炉红温岁月，

挨年谁个不怀乡？

注：“官三”“民四”“船家五”，是指春节前祭灶神这一习俗日期的说法。其中，三、四、五分别指腊月的“二十三”“二十四”“二十五”这一天。在清代，王族和各级官员都习惯在腊月二十三日祭祀灶神。而老百姓，以及水上或湖畔船家则分别在腊月二十四、二十五。祭祀灶神，民间也俗称“过小年”。

七　绝 · 醉吟自遣

闲云游鹤寻天狗，

尽夜烟波入画屏。

但使浮名留作梦，

浅斟低唱复平明。

七 绝·秋 问

风花自古寄情殇，
无奈霜白草木黄。
万里悲秋谁寂寥？
莫将爱恨喂衷肠。

七 绝·海棠花祭

2021年1月8日，在建党一百周年即将到来之际，深切悼念和缅怀周恩来总理逝世45周年。

海棠花向英魂祭，
十里长街泪雨倾。
经世策筹犹尽瘁，
大江歌罢掉头东。

注：大江歌罢掉头东，此为引用周总理诗句。歌颂总理当年负笈东渡、谋求真理、救国于危难之中的革命气概和崇高的爱国主义精神。

七　绝·新兴之行怀古

缅怀先祖北宋新兴县令古氏南迁九世祖宗悦公。

树稳根深水本源，
男儿谁不念亲恩？
扶贫巧访新兴县，
权续千年祖上缘。

注：据史料记载，古宗悦（1007—1062），宋朝梅州人。宋仁宗皇祐五年以三礼出身，任英州司户，迁新兴县令，捕盗有功，改奉礼部侍郎，佥幕宾州知府，五迁殿中丞，授勋骑都尉，为宋室京畿侍卫将领。逝后，时任江宁府尹的王安石于大宋治平四年丁未夏五月朔旦为其撰《古府君宗悦墓志铭》。其中铭曰：生而颖锐，秀钟山岳。慎行修身，穷经博约。官投清时，职重升擢。绩著功勋，深沾宠渥。人殁行存，墓铭当作。子子孙孙，世承天爵。

七　绝·春山暮景

翠柳堆烟落日斜，

风和三月醉飞花。

春林深径蝶轻舞，

雁荡江南送彩霞。

五　绝·宴河南周口友人醉兴

丙子仲春，河南的朋友父子来访，宴醉感怀。

暮迎千里客，

兴比宋河烧。

谁与春风醉？

长酣鹿邑聊。

注：周口、鹿邑、宋河皆为地名，隶属河南省。

七　绝·吟少陵野老之诗咏怀

悲歌可泣泪千腥，

更赋雄诗半死生。

莫寄情心花月下，
难为沧海一浮萍。

七　绝・梦醉山月

——步韵韦庄（唐）《含山店梦觉作》

旧客又成新客家，
异乡半百似天涯。
樽前一梦馋娘酒，
且醉且觉山月斜。

注： 韦庄（唐）《含山店梦觉作》原玉："曾为流离惯别家，等闲挥袂客天涯。灯前一觉江南梦，惆怅起来山月斜。"

七　绝・游云浮天露山

深秋寻鹤水云间，
时景不同风渐寒。
红叶断隔千万里，
余晖欲尽几重山？

七　绝·清秋闲寄

欲闲朝暮事无心，
浊酒清茗日长神。
夜落清秋留好梦，
旦觉晨气似新春。

七　绝·咏　松

若非老干长青枝，
瘦骨何来百岁皮？
崖上霜风滋日月，
养得遒劲一山奇。

七　绝·老梧桐寄怀

繁华尽落无情处，

最数飘零是老桐。
为守清白甘自钺，
但教本色可始终。

注：梧桐，尤其是法国老梧桐，年年保持蜕换新皮。蜕换后树干皮质光滑，通常呈清白或接近清白色。自钺，意指梧桐树拥有蜕皮换新之自我革命的勇气和具有始终保持本色的精神特质。

七　绝·七　夕（两首）

一

月漾清波思万里，
星河入梦钿花明。
蟾宫斫桂吴刚愿，
枕上秋光醉落英。

二

云阶鹊驾流星雨，
夜彩屏光冷画织。
红叶低窗深院锁，
不眠无梦对相思。

七　绝·己亥暮春山西行赋（三首）

2019年暮春，山西文化考察之旅寄怀。

吕梁临县碛口古镇宴兴

碛口石街巷子深，
黄河渡浦醉逢君。
唐风晋韵传华夏，
客旅何辞古镇寻？

太原杏花岭宴兴

杏花岭上杏花飞，
杨柳春风饯绿醅。
把盏为君歌一曲，
不干不醉不须归。

晋中龙泉午宴兴

日暮龙泉酒里寻，
醒时明月醉时君。

太行梦里皑皑雪，

衿子悠悠载我心。

注： 考察组一行先后在吕梁临县、太原杏花岭、晋中左权等地开展学习交流和实地考察，所到之处得到当地同行朋友的盛情款待，彼此之间亦结下了深厚友谊。他们之中也不乏诗人和作家，相互交流甚欢，彼此受益匪浅！

七　绝 · 癸未秋寄（十首）

一

昨夜西风多少恨，

黄花吹落满枝愁。

银烛空替离人泪，

月漏屏光冷画楼。

二

飘零劝落相思雨，

恨寄重山作乱丛。

红叶邀人十里梦，

霜林煮酒醉秋风。

三

花飞几度风兼雨，
霜降无声又一秋。
寒夜哪堪凝重露，
梧桐落木月西楼。

四

花月相思烟水老，
断鸿声里暮秋凉。
山盟虽在人空瘦，
晓镜但愁垂鬓霜。

五

旧岁残荷应尚在，
落花如故又经年。
秋风辞梦声鸿断，
酒里阑珊夜漏寒。

六

陌上秋黄一派寂，
霜林本色显峥嵘。
若言桃李知春日，
谁念沧桑晓落英？

七

银湖秋月星光夜，
杨柳扶风水上舟。
潋滟心潮持酒醉，
多情总是把诗留。

八

日暮烟轻云缱绻，
流年一梦醉阑珊。
青灯灰鬓红尘老，
花月斑驳陌上妍。

九

日月轮回年复去，

重山之外是重山。

天涯不尽登高处，

雁寄乡愁叶落丹。

十

菊尽黄华霜降至，

气清槛外雪梅新。

邀风把盏同君醉，

花月玲珑梦里寻。

五　律·粤北金子山登赋

己亥春夏之交，游粤北金子山寄怀。

越山皇后屋，

巍耸楚天孤。

夕暮归啼鸟，

蔓藤侵野途。

松风石上过，

花涧水窟呜。

沧海云深处，

梦寻十四州。

注： 粤北金子山位于广东连山城外的山区地带，山体巍峨、险峻、奇特，风景绚丽且多姿多彩。大自然之鬼斧神工，无不令人敬畏与赞叹！

十四州，泛指岭南大地。出自南宋名臣、学者、词人李昂英《肇庆府倅王庚应平反广府帅司冤狱诗以纪其事》之“广南十四州，官吏几满百”诗句。

五　律·赋屠呦呦

鸣呦呦鹿也，

佼佼者屠医。

诺奖哉耘苦，

青蒿耳药师。

终其之贡献，

治疟以神奇。

默默兮华载，

德乎胜抗疾。

注： 屠呦呦，女，1930 年 12 月出生，汉族，籍贯浙江宁波。共和国勋章获得者、中国首位诺贝尔医学奖获得者、药学家，现为中国中医科学

院首席科学家，终身研究员兼首席研究员，青蒿素研究开发中心主任，博士生导师。

呦呦，为鹿鸣声。出自《诗·小雅·鹿鸣》，化用其“呦呦鹿鸣，食野之蒿”之句。

五　绝·秋　雨

满庭秋雨新，
沥沥洗浮尘。
一叶知节令，
轻寒晓夜深。

五　绝·入禾书院醉兴

庚子孟夏，于佛山荷城入禾书院出席作协和诗社座谈交流会宴饮即兴。

宴开无所顾，
先走酒三巡。
意气随肝胆，
风发尽入樽。

五　绝 · 于江畔人家醉兴（两首）

一

山珍滋菌味，
竹酒斗诗狂。
欢宴歇歌舞，
倾酌入梦乡。

二

傍在霞光秀，
寻得玉祥清。
江涛叠醉浪，
兴起舞长缨。

七　绝 · 沧水行醉吟（两首）

壬寅初秋，佛山西部之高明诗社明城行并于沧江河畔山水之间与夕阳之下赠吟东道主中瑞顺德大少及林社钟总诸君。

一

秋来风雨满秋山，
不道相思便是闲。
梦里纵吟云里月，
酒中但醉酒中仙。

二

江水粼粼没浅滩，
翩翩白鹭入青山。
断桥夕暮烟波外，
一片笙箫半月残。

七　绝·灯光盛宴

壬寅初夏小满前夕，与中山古镇灯饰行业及广州等地来禅的诸位友人在佛山西部一山庄醉饮，有感而赋。

天外繁星如雨落，

树花剔透露珠神。

醉熏琥珀杯光夜，

荜馆生香幻似真。

七　绝·华阳战役

二次东征犹壮烈，

三军北败陷华阳。

陈赓救蒋传千古，

未卜岂知国共殇？

注： 华阳，位于广东省梅州市五华县。1925 年 10 月 27 日，以黄埔军校为主力的国民革命军第二次东征军进军途中，在粤东华阳镇与陈炯明叛军激战，遭到了自讨伐陈炯明战斗以来的第一次也是唯一一次败绩。事后蒋介石曾说："华阳一役，为成败最大关键。"

华阳之役战况甚烈，陈赓一面指挥部属对追兵进行阻击，一面背起蒋介石撤退。陈赓一口气跑出好几里，到达一条河边后，连忙找到了一条船，把蒋介石放在船舱里，飞速划到了河对岸，又背着蒋介石一直退到了羊高圩附近，才在一片山坳里潜藏起来。

诗中最后一句"未卜岂知国共殇"，意指在恶战中救蒋一命的陈赓，连他自己也不敢想象死里逃生的蒋介石后来竟然向共产党人屡屡举起屠刀，把国共两党推向对立面，置黎民百姓于水深火热之中而不顾，消极抗战，成为中华民族的罪人。

七　绝·游浙江魏塘

杜鹃花谷杜鹃鸣，
莫道难为欲再听。
望帝有灵应不悔，
春心早染武塘风。

注： 魏塘，古称“武塘”，隶属浙江省嘉善县，地处上海、苏州、杭州之“金三角”，自古繁华。杜鹃花，为嘉善县县花，在魏塘一带广为培植，并形成特色产业，助力发展。诗中“望帝”“春心”，化用《锦瑟》唐朝李商隐诗句“望帝春心托杜鹃”。

五　律·咏　马

旗策昆仑月，
风嘶大漠烟。
图腾扬瘦骨，
气势贯苍原。

敲作铜声响，

化成诗鬼谈。

马中为赤兔，

忠勇铸金鞭。

注： 文中“图腾扬瘦骨”“敲作铜声响”，化用唐代大诗人李贺《马诗二十三首》中其四之“向前敲瘦骨，犹自带铜声”两句。

七　律·贺兰山东行银川及黄河览胜

百里画廊千里山，

巨钟横卧凤凰盘。

贺兰背刺朝天阙，

西套风光越雪川。

塞上明珠夺瀚海，

高原阴翳引清泉。

黄河两岸沙洲绿，

古渡悠悠落日闲。

注： 贺兰山脉位于宁夏回族自治区与内蒙古自治区交界处。近南北走向，北起巴彦敖包，南至毛土坑敖包及青铜峡。是中国西北地区的重要地

理界线。在古代是匈奴、鲜卑、突厥、回鹘、吐蕃、党项等北方少数民族驻牧游猎、生息繁衍的地方。他们把生产生活的场景，凿刻在贺兰山的岩石上，来表现对美好生活的向往与追求，再现了他们当时的审美观、社会习俗和生活情趣。在南北长 200 多公里的贺兰山腹地，就有 20 多处遗存岩画。贺兰山著名的风景游览区小滚钟口，距银川市区 33 公里。地形犹如横卧的巨钟，面东开口，口内三面环山，形似大钟。中有孤立小峰名曰钟铃山，恰似巨钟的铃锤，滚钟口由此得名。

银川，传说中由凤凰化作的城市。西倚贺兰山，东临黄河，昔日西夏王朝的辉煌古都，如今成了美丽的“塞上明珠”。西套平原位于宁夏回族自治区中部黄河两岸，又称宁夏平原，或银川平原。北起石嘴山，南止黄土高原，东界鄂尔多斯高原，西接贺兰山。自古有“塞上江南”之美称。

七　律·庐　山（外一首）

癸巳秋，重游庐山寄怀。

匡庐奇秀三叠瀑，

鄱口风光五老秋。

练海日出帆影醉，

寺林花盛径香幽。

银河势嵌青山色，

云岭气吞星汉流。

几度夕阳残旧梦，

九霄烟雨盖江州。

三 清 山

辛卯春夏之交，游江西上饶三清山寄怀。

三清班列老君临，
千古玉台天下寻。
巨蟒出山何引颈？
瑶姬入世且司春。
杜鹃花束开壁峭，
道士仙丹始术尊。
几度人间沧海去，
寂静如初一女神。

注：庐山，又名匡山、匡庐，位于江西九江。东偎鄱阳湖，北枕长江。主峰汉阳峰，海拔高度为1474米。其以“雄、奇、险、秀”而闻名于世，是“中华十大名山”之一，有“匡庐奇秀甲天下”之美誉。著名景点有三叠泉瀑布、含鄱口、五老峰，以及有“匡庐第一境”之称的花径，包括西林寺、东林寺、大林寺和如琴湖等。练海，泛指远处长江和鄱阳湖构成的浩荡水体。江州，为九江之古称。

三清山，位于江西上饶东北，因“玉京、玉虚、玉华”三峰宛如道教“玉清、上清、太清”三位尊神列坐其巅而得名。其中主峰玉京峰海拔高度1819.9米，为最高峰。景区有南清园、西海岸、三清宫、梯云岭、玉京峰、阳光海岸、玉灵观、三洞口、冰玉洞、石鼓岭十大景区。三清山为道教名山，自然景观与人文景观交融一体。

2022年9月，本人获《文学与艺术》《世纪诗典》《中外华语作家》《世界诗人》《新时代诗典》五大微刊，以及《中华精英文学》《中国文学》《新时代中国文艺》《文学艺术现场》《当代文坛》五大头条和世界作家图书馆、中国文学档案馆、中华汉语文史馆三大馆编辑部联合举办的2022全国首届“文曲星杯”文学作品大奖赛“十大文曲星桂冠诗人”奖。获奖作品包括《七律·庐山》《七律·三清山》《五律·泰山》《五律·华山》《七律·衡山》《七律·恒山》《五绝·嵩山》《七律·辛丑重游武夷山寄怀》《五律·黄山迎客松》《七律·樵山江月醉寄》共十首。作品分别发表在中国作家网、中华诗词网、中国诗歌网等网络平台，均入选《文脉中国：中华优秀文学作品2022年选》(团结出版社，2022年9月版)。

竹之篇

竹，在中国传统文化中，彰显气节，象征不惧严寒与酷暑，敢于担当，卓尔而善群。同时兼有平安、顺利、进步、胜利等美好寓意。

与“梅、兰、菊”并被称“四君子”，与“梅、松”同谓“岁寒三友”。因其清雅淡泊，多处于僻壤之所而被世人喻之为“谦谦君子”。正可谓：

结篱留暮醉，鸣雀向幽篁。
朗月生虚籁，清风奏乐章。
节擎绝顶雨，气荡满天霜。
无限丹青手，河山作画廊。

——古博《五律·咏竹》

梓地游园年少，竹林听雨天真。打叶穿林愁雨骤，已是潇潇壮岁心。总觉世事深。 听雨如今半世，啼鹃自在三春。袍客衣衫原已换，悲喜闲同局外人。竹林生梵音。

——古博《破阵子·竹林听雨》

竹林聽雨

满江红·西江春月醉寄

明月清风，一壶酒，绪思豪迈。大江去，东流滚滚，初心岂改？尘世自然知冷暖，人生何处无宽窄？踏歌行，风正一帆悬，观沧海！　　花有信，山如黛；樽前月，飞神采！拈花香一缕，与春同爱。岁有期韶华不负，志当坚壮心毋怠。莫空愁，诗酒趁年华，情常在！

注：格律依北宋著名词人苏轼《满江红·江汉西来》体。

西江，为珠江流域的主干流。全长2214千米，发源于贵州望谟，流经黔、桂、粤三省，与东江、北江及珠三角诸河流汇合为珠江，最终汇入南海。西江仅次于长江、黄河、黑龙江，为中国第四大河流。

本作品创作于西江之滨，粤中佛山荷城。2021年7月，荣获中国散文网、中华诗词网、华夏博学国际文化交流中心、世界诗人大会中国办事处等机构联合举办的第八届中外诗歌散文邀请赛一等奖，先后发表于中国作家网、中国散文网、中华诗词网、中国诗歌网等网络平台，入选《2021年中外诗歌散文精品集》（中国文化出版社，2021年10月版）。

破阵子·竹林听雨

梓地游园年少，竹林听雨天真。打叶穿林愁雨骤，已是潇潇壮岁心。总觉世事深。　　听雨如今半世，啼鹃自在三春。袍客衣衫原已换，悲喜闲同局外人。竹林生梵音。

注：格律依南宋著名词人辛弃疾《破阵子·为陈同甫赋壮词以寄之》体。

踏莎行·南海西岸醉遣

己亥冬月，粤中南海西岸银湖莲花峰庆云洞龙涛湾春游寄怀。

水上人家，湖心白鹭，桃源尽在闲情处。陌寒朝雾暖斜阳，松涛声涌横塘路。　云卷云舒，青山可渡，梦中醉向蝴蝶诉。追风化茧任斑斓，天涯此去凭飞舞。

注： 格律依北宋著名词人秦观《踏莎行·郴州旅舍》体。

玉楼春·端午怀古

梅子熟时梅子雨，飞燕几回江上舞。黄昏浮日寄云烟，又见龙舟频竞渡。　　昨夜南风难去暑，梦里扬波击浪鼓。旌旗猎猎水悠悠，闻似潮头屈子诉。

注： 格律依五代词人顾敻《玉楼春·拂水双飞来去燕》体。

2022年6月3日，作品发表在《中华辞赋》（端午节特别版诗词专号之二）及中国作家网、中华诗词网、中国诗歌网等网络平台，入选微刊《广东诗人》（诗家风采栏目）和360电子图书馆（广东诗人图书馆）。

水龙吟·只待乱花飞尽

风波万里狂澜，雨急云涌飞花乱。横斜仰困，抛楼堆道，灾情串串。道路河堤，山塘水库，皆成前线。“百里嘉”方罢，“山竹”接踵，排风险，除灾患。　　只待乱花飞尽，百川晴，狂澜如挽。风停雨过，杳无踪迹，不闻残喘。秋色还原，水光云淡，悠悠飞雁。抗“山竹”奋勇，争先者众，可当圈点。

注：格律依北宋大诗人苏轼《水龙吟·小舟横截春江》体。

“百里嘉”“山竹”，为2018年下半年在广东佛山接连登陆的两个破坏性极大的强台风。灾情面前，万众一心，通过连续艰苦作战，佛山各地抗灾抢险战绩辉煌，可圈可点。

采桑子·重阳登凌云

己亥重阳，恰逢寒露之日。于佛山西部高明荷城登凌云山寄怀。

道别风月寻岚霁，看似花迟。纵使花迟，山水留情人不辞。　　云深不晓身何处，老了相思。还尔相思，几度重阳寒露知？

注：格律依晚唐词人和凝《采桑子·蝤蛴领上诃梨子》体。

采桑子·鹿田春访

2001 年仲秋，携伴自驾前往佛山鹿田原始森林采风探秘感怀。

桃殷柳净成风景，山也清新，水也清新，紫陌飞花更醉人。　缤纷晴日缤纷雨，莫使伤春，却又伤春，且诉风情留古今。

注：格律依南唐著名词人冯延巳《采桑子·笙歌放散人归去》体。

鹿田，为佛山西部一片原始森林。原始森林公园中保存有华南地区为数不多且有“活化石”和“月亮神树”誉称的中华桫椤种群。此处风景独特，气候宜人。

蝶恋花·泰康山春游

于珠三角西部，佛山明城泰康山春游寄怀。

正好清明连谷雨，花探窗前，梦见蝶双舞。楼外垂杨轻落絮，不知沉醉相思苦。　寂寞倾樽愁煮酒，万古人间，岂舍芳菲去？血饮牡丹啼杜宇，伤春却把春光负。

注：格律依北宋著名词人晏殊《蝶恋花·六曲阑干偎碧树》体。

临江仙·沧水观龙

庆祝佛山高明恢复建制36周年暨组织举办高明龙舟邀请赛并于荷城沧江观赛感怀。

又是一年舟竞渡，激情鏖战群英。沧江舞浪鼓欢声，蛟龙飞似箭，奋臂震长鲸。　卅六载堪称筑梦，田园山水宜城。喜登台榭看新晴，负赢多少事，苦乐笑谈中。

注：格律依北宋词人陈与义《临江仙·夜登小阁忆洛中旧游》体。

捣练子·望　月

丙申岁中秋之夜，创作于佛山南海西岸。

山寂静，夜分明，月落江心两岸风。　无奈酒浊人不寐，楼高百丈满天星。

注：格律依南唐后主李煜《捣练子》体。

捣练子·老香山

寻马尾，向石门，顶上椿花俏壑云。　　涧瀑生烟飞雀近，月从山外落黄昏。

注：格律依南唐后主李煜《捣练子》体。

老香山，位于粤中的佛山西部山区。马尾、石门、椿花顶等，均为老香山特色小景。山麓有旧兵工厂、旧监所等遗址，山上有飞瀑、潭涧、水库，主峰为椿花顶。

菩萨蛮·岗山窑赋

彩旗猎猎窑风暖，新柴试火泥坯转。手艺见高深，运筹凭匠心。　　岗山一脉起，薪火千年继。樵月照江清，滨荷传古风。

注： 格律依南宋著名词人辛弃疾《菩萨蛮·书江西造口壁》体。

岗山窑，位于佛山西部中心城区荷城，滨临西江，与南海西樵山和太平沙岛隔水相望。为佛山滨荷文创园专门烧制陶器文创产品的仿古龙窑，于壬寅岁农历二月二龙抬头之日启动试火仪式。

满江红·唐代龙窑赋

浩瀚西江，龟峰下，碧波荡漾。谁能晓，蛰龙长卧，是何状况？街市熙熙商贾至，码头攘攘挑夫往。论陶器，为业艺营生，歌工匠。　　樵山月，灵龟望，古渡口，东坡访。逆行舟上客，岂逐波浪？羁旅江湖浮底事，醉扶杨柳消惆怅。百千载，笑物是人非，龙窑唱！

注：格律依北宋大诗人苏轼《满江红·江汉西来》体。

唐代龙窑，位于西江之滨的佛山高明灵龟塔峰山麓，与南海西樵山及太平沙岛隔江相望。为广东省文物保护单位，原遗址处建有唐代龙窑博物馆。传说，苏东坡在贬谪途中曾顺道西江寻访山水，并到访当时高明陶器交易集市及商埠繁荣的龙窑古渡。

满江红·三荷楼赋

壬寅春，于佛山滨荷文创园三荷楼宴兴醉赋。

明月清晖，北斗动，星河共影。岂不羡，人间天上，莫只似梦？玉界三山寻酒客，扁舟一叶归谪圣。盛宴开，以万象为宾，三荷请！　　西江去，波万顷，沙鸥唤，渔樵应。看酒旗猎猎，举杯为敬！天地人楼台水榭，诗书酒画屏仙境。酒将进，切莫使杯停，得行令！

注：格律依北宋著名词人苏轼《满江红·江汉西来》体。

玉界，指天上仙庭，即仙界。三山，指中国古代神话传说中的海上“三山”。王嘉（晋）《拾遗记高辛》记载：三壶，则海中三山也。一曰方壶，则方丈也；二曰蓬壶，则蓬莱也；三曰瀛壶，则瀛洲也。谪圣，分别指诗仙（谪仙）李白和诗圣杜甫，泛指古代诗家。

诉衷情·元夕登龟峰望怀

元宵节，游灵龟园登灵龟塔峰寄怀。

西江踏浪看潮汐，雨燕舞痴痴。灵龟塔上回望，柳岸翠依依。　　舟已去，泪迷离，信无期。水中花月，梦里红莲，难寄相思。

注：格律依南宋著名诗人陆游代表作之一《诉衷情·当年万里觅封侯》体。

灵龟塔，位于佛山荷城西江之滨的龟峰山上，与南海太平沙岛和西樵山隔水相望，由明代万历年间同朝为官的区大相（岭南诗派代表人）、区大伦两进士兄弟捐建。曾多次重修，现为广东省重点文物保护单位。其中，灵龟渡劫的历史故事具有丰富的民间传说色彩。

风入松·访石岩底

2020年9月3日，适逢中国人民抗日战争胜利暨
世界反法西斯战争胜利75周年纪念日，访革命老区
并前往红色根据地粤中老香山石岩底村采风感怀。

采风红色老香山，最美是石岩。青山埋骨石岩底，勇牺牲，誓把敌歼！风雨难侵堡垒，气节不负英年。　　苍松犹劲立危峦，如战士岿然！椿花顶上夕如血，与花红，尽染天边。红色基因承继，老区薪火相传。

注：格律依南宋词人吴文英《风入松·听风听雨过清明》体。

石岩底村，位于粤中老香山腹地，与肇庆和云浮地区交界。隶属革命老区佛山市高明区更合镇，是中国人民解放军粤中纵队抗日战争和解放战争时期开展游击战的老根据地。

渔歌子·游灵龟园

西江之滨，佛山荷城灵龟园灵龟塔峰重游感怀。

深院幽幽小径空，满庭飘絮柳扶风。夕未去，月玲珑，似曾梦里见归鸿。

注：格律依唐代张志和《渔歌子》体。

西江月·高　明

2016年12月8日，庆祝佛山高明恢复建制35周年，本人参与策划、组织举办大型群众性文艺晚会演出圆满成功，为佛山高明腾飞而赋！

皂幕巍峨鹤立，沧江浩荡龙腾。三十五载看高明，自信图强奋勇。　　追忆峥嵘岁月，皆因众志成城。而今闻号角声风，再战征程更劲！

注：格律依北宋著名词人柳永《西江月·凤额绣帘高卷》体。

苏幕遮·西樵山桃花苑

重游南海西樵山，并前往西樵山桃花苑游览遣怀。

洒潘江，倾陆海。妙有姿容，掷果盈车载。梦里斜阳云月外。错寄巫山，只把相思害。　　醉成伤，无大碍。紫陌篱桑，胜所托沧海。万丈红尘穷雾盖。一岭桃花，总为春风改。

注：格律依北宋著名思想家、政治家、文学家范仲淹代表作《苏幕遮·碧云天》体。

词句中，“潘江”“陆海”“巫山”“沧海”化用典故。

水调歌头·皂幕山与沧江赋

皂幕云叠嶂，如画入晴岚。群峰紧抱田野，绿印沁尘寰。栈宿归真雅趣，漏梦难眠反侧，夜谧雾阑珊。起舞临风唱，弄盏赋谈间。　　问沧水，古今越，载贤能。文风甲郡攫萃，彦硕颂传千年。秀尽江川人杰，气朗风清灵俊，好景比桃源。花寄风和月，水镜碧云天。

注：格律依北宋著名词人苏轼代表作《水调歌头·明月几时有》体。皂幕山，为佛山第一峰；沧水，即沧江，为佛山高明的母亲河。

鹊桥仙·灵龟塔峰望怀

于佛山之西，西江之滨荷城，登灵龟塔峰望江东太平沙岛与樵山，醉赋。

平沙飞雁，灵龟旭日，漫卷江波横贯。樵山对望岸边人，晨唱起，风吹酒汗。　不知昨夜，勿言何处，梦月飞花醉看。放情纵盏莫愁吟，西水去，难为句断。

注：格律依北宋著名词人秦观《鹊桥仙·纤云弄巧》体。

夜的星辰，陪伴着醉酒人一宿未歇。天尚未放亮，行走在西江江滨绿色长廊、灵龟公园，登上灵龟塔峰，仰望灵龟塔，远眺江心岛太平沙，以及对岸的西樵山。在江风吹拂之下，顿觉宿酒消残，诗意兴发！

天净沙·荷

荷城，以荷命名，以荷闻名。位于佛山之西，西江之滨。盛夏，携伴赏荷有感。

芙蓉出水如卿，岸边杨柳风情，夏日芳菲万倾。舞蜓心动，醉游偏爱荷城。

注：格律依元代杂剧家、词人乔吉《天净沙·一从鞍马西东》体。

渔歌子·荷

戊子仲夏，佛山三水荷花世界携伴游舟咏怀。

菡萏红船映水台，荷乡梦醉丽人腮。波潋滟，鸟徘徊，游风拂雨正花开。

注：格律依张志和（唐）《渔歌子》体。

清平乐·再访南海庆云洞

群峰叠翠，鸟语游人醉。涧瀑飞潭石径诡，狮象两山拱卫。　云中殿宇巍峨，晨钟暮鼓禅歌。道场一绝圣境，莲花观洞维摩。

注：格律依五代著名词人冯延巳代表作《清平乐·雨晴烟晚》体。

南海庆云洞，于光绪十九年始建，为岭南地区历史较为悠久的道教圣地。洞址位于粤中南海西岸风景区，毗邻西江，与银湖、银坑相依，群山抱拥，涧流、飞瀑、山石、水潭无数，曲径通幽，诗情画意。常携伴结队而行，是郊游或徒步登高的好去处。洞山以潭溪涧著称，景观独特，气势雄伟，堪称“岭南道场一绝”。

石径诡，指石山小径，千回百转，神出鬼没，颇觉诡异；狮象两山，道观洞口左有训狮山、右有伏象山；莲花，即道观所在的莲花山；维摩，化用禅典，意指“净名”“无垢称”。

满江红·赋阮埇区大相

赋佛山高明荷城阮埇古村及明万历年间朝廷官员、岭南诗派代表人区大相。

沧水泱泱，西江阔，澜波卷碧。区公子，青舟画雀，醉吟春色。但见晴村风著柳，更闻乐府樽归客。百千年，月照古灃川，阮埇说。　　灵龟塔，乡愁读，山旭日，河相惜。奈何曾几许，雨摧霜瑟。游宦平生皆善待，尘封万历尽飘忽。笑人非，叹物是黄楼，飞仙鹤。

注：格律步北宋著名词人苏轼《满江红·江汉西来》体。

阮埇古村大多属明清古建，坐落在浩渺的西江河畔，村中区氏几百年间先后出过15名进士、48名举人，有“岭南第一望族”美誉。其中明朝万历年间，岭南诗派代表人区大相官至掌制诰，专为皇帝草拟诏令。

“十三五”期间，笔者组织并参与由齐鲁出版社出版的《区大相诗三百首赏析》（佛山市高明区人民政府文化工程项目）的编著出版等工作，且担任该书的编委会副主任。此外，齐鲁出版社还出版有《区太史诗文集》（区大相、区大伦撰，刘正刚整理）。区大相、区大伦兄弟同时也是西江河畔灵龟塔的捐建人，其乐善好施之义举广受当地百姓传颂。

南歌子·登南蓬山望怀（两首）

本人曾于丙申暮春、戊戌重阳等十余次登游南蓬山。

一

北雁重归去，南歌子调平。春篱飞杏寄娉婷，陌上云英，玉树更临风。　　横枕相思梦，纵销入骨情。无凭且醉水流东，月下花前，寻梦诉啼莺。

二

秋九重阳至，夕孤复暮归。南蓬山上雁初飞，滚滚西江，愁绪水难追。　　紫陌生红叶，黄菊染翠微。茫茫天地有轮回，父爱如山，愿共一夕晖。

注：词调又名《南柯子》，为南宋东莱先生吕本中体。

南蓬山是佛山西部文化名山，古时山上设有南蓬书院，明代万历年间岭南诗派代表人区大相曾在此讲学。相传，宋代苏东坡曾到此一游。南蓬山，位于佛山西部的西江之滨，风景秀丽。该处和肇庆地界紧邻，与广东“四大名山”之一的南海西樵山隔江相望。夕阳西下，从山上眺望西江，一水东流，浩浩汤汤而去。

五　律·咏　蝉

辛巳暮秋，登佛山南海西樵山赋。

引嗓存机警，
力嘶声更竭。
转身伏树隐，
顶日号风绝。
从夏飞歌至，
入秋寒柳别。
繁花非所系，
清露寄高节。

注：西樵山，为广东“四大名山”之一，是著名的宗教文化、理学文化、石器文化、旅游文化名山。2021年6月，本作品（ID1005396）入选由中华书局发起，中国出版集团、中华诗词学会、中华诗词研究院共同主办的第五届“诗词中国”传统诗词创作大赛。在终审环节，获中华诗词学会、中华诗词研究院权威专家精彩点评。作品发表在中国作家网、中华诗词网、中国诗歌网等网络平台。

【附：专家评语】该诗（ID1005396）紧紧围绕蝉来写，主题突出，没有游离。开头便从“机警”入手，然后展开写蝉的声音，它如何隐身，如何顶日，有从夏天的飞歌，到秋天的离别。句句不离蝉，句句有蝉。尾联的“繁花非所系，清露寄高节。”结得亮。赋予蝉以高洁。可谓豹尾。全诗立意、遣词、琢句都很创辟，戛戛独造。这样的炼字，真是既出人意外，又入人意中，对读者有新鲜而强烈的感染力。刘勰《文心雕龙·章句》说：“夫人之立言，因字而生句，积句而成章，积章而成篇。篇之彪炳，章无疵也；章之明靡，句无玷也；句之精英，字不妄也。振本而末从，知一而万毕矣”。锤炼字词，不只是写好一个字、一句话的需要，更是为了全篇的整体美。

五律·咏竹

丁酉冬，于江苏、安徽、浙江三省交界之地登“吴越第一峰”，望南山“中国最美竹海”，并与友人宴酌醉兴。

结篱留暮醉，
鸣雀向幽篁。
朗月生虚籁，
清风奏乐章。
节擎绝顶雨，
气荡满天霜。
无限丹青手，
河山作画廊。

七　律·佛山赋

百越渔陶东晋始，
贞观佛地肇禅城。
南风古灶传薪火，
广府蜚声冠镇名。
天下为先梅几弄，
潮头当立浪千顷。
云帆勇渡征沧海，
时代繁花筑梦迎。

注：佛山，始于唐代贞观二年，即公元628年。史有记载，早在东晋时期已有百越先民在此地生活，多以渔、陶为业，原称季华乡。直至贞观二年，有居民在塔坡冈上掘获三尊小铜佛像，人们认为这里是佛家之山，于是取名“佛山”，并重建佛寺，故又称禅城。后来，佛山之名享誉海内外，成为中国“四大古镇”之一。陶瓷等百业兴盛，南风古灶至今薪火不灭，代代相传。

七　绝·上元夜樵山听音醉

银花夜市灯如昼，

潋滟流光溢彩尘。

为借樵山一片月，

记得湖畔去听音。

注：西樵山，位于南海西部，毗邻西江。为广东“四大名山”之一，乃宗教文化、理学文化、石器文化、旅游文化之胜地。山前有一听音湖，水体宽阔，音乐喷泉，灯光闪烁，五彩缤纷，绿色成荫，闻名遐迩。

五　绝·荷城歌咏

在佛山高明2015年度“最美歌声”大赛启动仪式暨新闻发布会上，出席致词并即兴吟颂。

歌美声嘹亮，

风清乐韵扬。

湖光波潋滟，

夜雨沁荷香。

五　律·重九登皂幕山望怀

翠浪宕山深，

天高气象新。

云霞吞落日，

山鸟唤归林。

不似天涯客，

却如薄宦人。

松风拂入梦，

画外绕乡音。

注：皂幕山，位于粤中偏西丘陵地带，为佛山第一峰。

七　绝·西岸银湖落日

集《送韦城李少府》（唐·张九龄）“相知无远近，万里尚为邻”之句，咏佛山南海西岸之银湖胜景。

西山红日西山醉，

岸上风光岸上人。

山水相知无远近，

夕阳万里尚为邻。

七　绝·登南蓬山

暮春，登上南蓬山顶，浩渺的西江、城央的明湖、智湖、富湾湖及西江新城，以及隔江相望的太平沙岛、西樵山之田园山水风光，尽收眼底，风景如画，令人心旷神怡！

风迎草盛蝶飞舞，
花动春山落鹧鸪。
回首白云游鹤去，
村烟识野散江湖。

注：南蓬山，位于佛山之西，西江之滨。

七　律·南海龙涛湾春游

梦中几度蝶飞舞，
春水桃花世事流。
霜鬓满头风奏雨，

客心空载月沉钩。

碧湖问剑磨石晓，

杜宇啼鹃望帝愁。

此去经年凭酒病，

龙涛拍岸放飞鸥。

七　绝·沧江黄昏

日夕印落满江红，

尽染朱颜越画风。

展望江山无限景，

通盘色调版图生。

七　绝·居士醉图

丙申冬月，于佛山荷城三洲碧桂园诗友别墅观陈居士醉作翠竹与花鸟图即兴咏怀。

竹有气节坚且劲，

雀痴花影看疏斜。

画得风雅留星月，

醉入无章自现华。

七　绝 · 山雨初霁

清秋时节，佛山西岸庆云洞一带，大雨初霁。银湖、龙涛湾、沧江河，与周边山色水光相融，云烟缭绕，好一幅诗情画意。

漠漠烟云闲处去，

三山新雨一帘秋。

岂堪尘世安仙阙？

朝令相思暮令愁。

七　绝 · 诗书画友宴聚即兴

车入富湾山径旁，

夜凝秋露醉芬芳。

松涛竹韵丹青色，
花落池台砚墨香。

七　绝·荷城秀丽河观龙

雨打龙船端午近，
号声震鼓盖江潮。
旗风卷浪千重意，
一曲离歌奏海涛。

七　绝·早春西岸郊游

嫩条初绿几枝鲜，
春染芳流碧草连。
烟雨云山屏紫陌，
花容载道入田园。

七　绝·龟峰山夜行

径草青林春色晚，

松风犹解醉凭栏。
落花惆怅曾经似，
鹂雀好音聊正酣。

五　律·夏醉荷花世界（两首）

一

午醉游三水，
蝉鸣翠柳酣。
摇风荷盖荡，
点雨水漪圈。
雀跃红蜓戏，
鱼欢黝蟮盘。
悠悠疲此乐，
却忘日炎炎。

二

夜静荷风动，
池纹镜月波。
鱼儿寻水藕，

莲子宿星河。

醉梦吟白鹭，

红蜓点碧波。

晨珠轻雾罩，

隐隐泛舟歌。

五　绝·与文友醉吟

西岸风花动，

旦夕山水游。

田园诗有梦，

吟醉在深秋。

七　绝·西江南海滨堤行望

烟桥夕韵樵山月，

云水河清百舸流。

几许闲愁江上燕，

海心一渚水悠悠。

注：烟桥、樵山、河清、海心沙，为佛山南海滨临西江之村镇岛地名。

七　绝·丁酉春沙寮共饮（两首）

一

沙寮春水南蓬月，
荷富湾江御海城。
柳眼梅腮花钿宠，
风阑意马剪烛红。

二

红摇烛影胭脂扣，
月洒西楼照媚娘。
风动珠帘君若梦，
花香暗涌醉成妆。

七　绝·探班郭凤女

夜韵荷香鼓瑟鸣，

歌台戏榭醉红伶。

一出凤女胡笳曲，

不负粤珠天籁音。

注：2015年11月7日晚，穗港澳明粤剧曲艺晚会在佛山高明影剧院举办。本人前往演出后台拜访、看望郭凤女老师。郭凤女，国家一级演员、正印花旦、著名粤剧表演艺术家红线女弟子，红派艺术传人、广州粤艺发展中心名伶，享有粤剧明珠之美誉。她在演出中献唱了《胡笳十八拍》等著名曲目，技惊四座。

五　绝·妙品园山庄赋

庚子孟秋之夜，作协、诗社宴聚于佛山荷城妙品园山庄。应众诗友文友提议，以“妙品绝句”此四字现场作藏头诗，于是即兴醉赋。

妙诗出酒狂，

品道论文章。

绝赋三秋色，

句压名利场。

七　绝·陌上花开（两首）

一

梦回那夜金樱子，
陌上花开又一年。
湖上风光藏壁峭，
可曾作镜照神仙？

二

昨夜桃花源一梦，
舟行湖洞景重重。
与鱼儿对语嬉戏，
崖上吟华月醉风。

注：陌上花开，为佛山西部旅游及红色名镇明城的一个文旅项目。曾经是旧石场深水大坑，因人工开凿天然蓄水而成。此处，风景秀美，常令游人流连忘返。金樱子，为一种植物果实，有药用保健价值，可浸泡入酒。多年来，在陌上花开项目附近的光明村十字坡和明西村等处好几回畅饮金樱子、山稔、青梅等果酒。但往往因口感好，所以醉而不觉。

七　绝·庆云洞论茶

风清西岸月回廊，

道观槛菊初泛黄。

碧水一壶风浪起，

赤诚九鼎煮沧桑。

七　绝·乙未秋出席佛山文化惠民演出咏怀（两首）

魅力佛山禅城专场

花开盛世梦飞翔，

魅力佛山乐善扬。

律韵金秋鸣畅响，

和风舞月唱辉煌。

最美歌声高明专场

笙箫盛宴谙秋月，

最美歌声尽颂情。

群艺同圆文化梦，

荷风筑韵舞升平。

七　律·南海西岸踏青

杨柳垂春鸣雀跃，

梨花带雨尚凝枝。

轻烟散绕秋千索，

流水溅湿足半泥。

红杏含芳风欲动，

疏篱酌醉梦难辞。

上林深涧蝶双舞，

日暮径斜云脚低。

七　律·丙申中秋夜明湖赏读会赋

荷韵书香薪火旺，

吟风咏月尽文章。

悬梁刺股知孙敬，
凿壁偷光懂汉匡。
茂尽声情诗朗朗，
文遒翘楚志锵锵。
明湖今夜星璀璨，
学海游舟为远航。

注：孙敬，为古代故事中发奋读书的励志人物；汉匡，指汉代匡衡，古代故事中的著名人物。

七　绝·清风化雨

2015年12月5日，恰逢北国普降瑞雪，岭南大雨滂沱。时任文化部部长雒树刚一行南下到佛山考察、指导文化工作。雒树刚部长冒雨前往民主革命先驱、广东党团组织创始人谭平山先生的故乡明城镇文化站和明阳村等多处实地了解基层公共文化建设情况，并认真听取镇和社区干部群众的有关意见建议。本人于考察现场有感而作。

京华踏雪马蹄疾，
轻驾简从南粤驰。

走巷访村身影近，
清风化雨正知期。

七　绝·为历史影像

长焦广角照无垠，
花絮情浓岁月真。
光色春秋风雨梦，
江城几度水云深。

注：2019 年仲夏，佛山高明中国国产相机博物馆、高明历史影像馆开馆揭牌。诗赠馆主郭氏兄弟继东继江。

七　绝·南海太平沙岛赋

日落西江夕照近，
黄昏一色海天红。
波光尽染云霞笑，
莫负丹心唱晚风。

七　绝·西江月夜

良辰一任西江夜，

无奈相思对月明。

玉浦飞轮星汉渡，

一生一遇一双情。

七　绝·南海丹灶仙湖夜寄

水色波光一夜新，

回廊靠岸柳成阴。

风情留客闲亭坐，

把盏言诗对月吟。

七　绝·游明城郁金香园

2018 年 2 月 16 日春节期间，佛山明城郁金香风情园开园之日游园咏怀。

田园花事郁金香，

紫陌红英笑暖阳。

新廓颜开呈色彩，

一人一景一风光。

七　绝 · 云勇春游

万绿丛中百嶂深，

桃红鹂舞彩蝶寻。

弯回山壑斜飞涧，

雾里人家雾里村。

注：云勇，位于佛山西部，是国家级森林公园。林场内有云勇村，村里长寿老人较多，风光秀丽，自然资源丰富，四季如春。

七　绝 · 皂幕飘雪（四首）

一

雾凇剐浪凝神秀，

冰挂千姿霰落崖。

皂幕囫囵吞气象，

笑言青女醉飞花。

二

碧销红断挂冰长，
雾里凌枝向雪霜。
霰落凇花涂素裹，
娉婷画絮淡成妆。

三

漫天着雪遍山香，
不见他枝斗艳阳。
独秀料无心意傲，
寒梅确已盖群芳。

四

雪夜风残花已尽，
屠苏入梦寄丹林。
烟光月晓心笛破，
醉里流年气象新。

注：农历乙未岁末（2016 年 1 月 24 日），粤中佛山等地迎来了百年不遇的大雪天气。当天接近中午，佛山第一峰——皂幕山一场飞雪飘然而至。诗意般的雾凇挂雪着实令人叹为观止、流连忘返！

七　绝 · 游明城崇步

腊月交春日岁华，
八粥浑酒访农家。
登原乐野游风景，
行醉一厢油菜花。

七　绝 · 沧江彩练

彩练笙箫云万里，
夕君一笑暖成晖。
烟光水墨西山暮，
持酒吟风拂柳垂。

七　绝 · 西岸银湖夜步

湖畔柳垂山色晚，
春风犹解自独闲。
月清如酒花前醉，

归雀好音为晤谈。

七　绝·南海九江听潮

长亭一日潮头客，
槛外风光海上生。
游舸晓笛听画角，
横波拍岸醉春城。

七　绝·灵龟园秋日醉吟

西风拂柳声鸿断，
酒里阑珊日渐寒。
旧岁残荷应尚在，
落花何故似浮莲？

七　绝·荷城海口踏月

陌上清风踏夜寒，
楼前月下柳如烟。
水乡云野相留醉，

村外孤舟渡口眠。

七　绝 · 江月楼醉饮

丁酉暮春，于西江之滨佛山荷城香山江月酒楼，与诗友宴聚醉赋。

江楼昨夜醉谁人？
几度梦回杯满斟。
酒绿樽前花欲睡，
灯红暮复月黄昏。

五　绝 · 清明祭

清明之日，前往革命老区佛山市高明区更合镇小洞村凭吊、缅怀英烈赋！

铁血染夕残，
英魂藉梦还。
岁清荒冢草，
忠骨寄青山。

五　绝·秋雨山亭

南海西岸银湖畔山亭，观秋雨落叶咏怀。

雨清天色明，
去雀跃山空。
落叶知惆怅，
游亭四面风。

七　绝·看一川落花（三首）

行走于佛山荷城南蓬山麓富湾之畔，西水悠悠，过往之雁在萋萋草洲上几度徘徊。川前落花寂寂无声，迎风飞舞。流云之下，诗意凄美如画！

一

几度雁飞南北去，
一川逝水荡西东。
落花岂为流云计？

不问尘缘自任风。

二

飘絮飞零秋寂寂，
风花映月阙宫清。
落红看似无心物，
却寄相思片片情。

三

英华落尽伤春日，
碧树黄曛却已秋。
花月成烟愁似雨，
浮生若梦岁如流。

七　绝·赋谭平山

2015 年初至 2019 年 3 月，参与策划、组织重修谭平山故居，以及筹建佛山市高明区红色廉政文化教育基地期间有感而作。

革命生涯多险阻，

党团国共道途铺。

南昌起义波澜诡，

戎马飘忽倥偬躇。

注：谭平山，广东佛山人。是中国近代史上有建树、有影响力的著名民主革命家。辛亥革命时，他追随孙中山加入同盟会。五四运动后，是广东党团组织的主要创建人。曾参与策划和领导南昌起义，积极推动国共合作。新中国成立后，曾担任中华人民共和国监察委员会主任。他为统一战线，以及中国民主革命做出了杰出贡献。

七　绝·礁舟废渡

废渡横舟野草闲，

酒寒桥上月光滩。

相思常作中流梦，

待撞江礁始不堪。

注：戊戌深秋，于佛山荷城夜深人静之际，孤身一人行经三洲老桥头，凝望早已废弃的渡口，只有三两艘破旧的渔船横泊在荒草丛中。月光下，顿觉沧江边的河洲滩上一片幽幽苍凉。

七　绝 · 平沙待渡

柳垂暮霭沉天色，
惆怅江东雨不停。
隔岸樵山难对望，
平沙渡口待笛声。

注：已亥深秋之夜，浩瀚、壮阔的西江江面完全给深不见底的夜色覆盖和吞噬。伫立在南海太平沙岛对岸的风雨之中，久久地等待平沙渡口雨停复航。等待深夜最后一班船上自己要等的人过江上岸，那是一种怎样的感觉和体验？我想，只能用诗的方式来表达凝望。

七　绝 · 沙寮津渡

睹物思人，回首往事，别有一番滋味在心头。

津口无人舟不渡，
桃花舞雀送春风。
几番闻似江笛去，

如载云烟入梦萦。

注：己亥春日，伫立在佛山富湾沙寮西江畔一眼望去，那早已废弃的旧渡口除几株野生的老桃花树和三两只正在嬉戏的雀鸟外，最显眼处还有一艘不大的破船。三十年前，依依不舍，不知多少回送渡去广州以及送别回梅州的场景仍然历历在目。

七　绝·沧江夕照

飞霞泛晚绕江开，
虚渺含红水暗白。
日坠峦横邻北廓，
风拂杨柳雁徘徊。

七　绝·平沙夕恋

癸巳秋日，于南海太平沙岛携伴看西江落日咏怀。

暮醉红轮落日沉，
海天一色恋黄昏。

波光尽染云霞笑，
夕照伊人更摄魂。

注：太平沙，又称太平沙岛。位于西江中下游，属佛山南海西樵的一个河心小岛。江面浩渺，景色壮观。平日出入岛屿交通依靠渡船接驳，有不少游客和附近居民前往休闲、游玩、观光、度假。

七　绝·西岸宴醉即兴

秋月之夜，与诗友诸君前往南海西岸登庆云洞莲花峰后，在银湖山庄宴饮并即兴抒怀。

为君持酒酣明月，
飞瀑流云越翠微。
梦里焉知人已醉？
落花犹看万千回。

七　绝·暮冬望怀

冬日傍晚，于佛山荷城三洲沧江河畔长乐轩望怀。

寂寞星洲夜落寒，
风凝残色醉云天。

重山已去三千里，

旧梦流烟绕故园。

七　绝·观　荷

春夏相交之夜，于佛山荷城西江畔，滨江长廊及灵龟园之荷花池观荷有感。

春梦飞花遗月夜，

夏荷带雨落青塘。

世人倒是情难却，

红瘦绿肥皆感伤。

七　绝·西樵马口岗行

初夏傍晚，南海西樵马口岗一带，夕阳西沉。在西岸银湖及附近村庄鱼塘水网的映衬之下，绿树成荫，景色迷人。

郭田水绕山叠翠，

初夏人家晌后风。

城外不知春已尽，

枝头嫩绿挂夕红。

五　律·鹿峒山怀古

鹿峒山，又言“鹿洞山”。是佛山高明当地旧“八景”之一，在历史记载上有“越台白鹿”“鹿峒开屏”之美称。该山盛产杜鹃花，花瓣有指纹印，花红色，开时满山鲜红。

峒外群峦翠，

呦呦载鹿鸣。

似闻飞箭近，

犹见杜鹃红。

横雨来无阻，

开屏现太清。

武王多少事，

猎猎射旗风。

注：传说南越武王赵佗曾游猎于此，遇见一白鹿，弯弓射之，白鹿受伤带箭跑到山上。于是，赵佗命军士搜寻，皆不见踪影，唯见一石，形似白鹿，旁有一箭。因此，后人称此地为鹿峒山。

七　律·凤翼洲

己亥暮秋，凤翼洲望怀。

宿醉销神残晚照，
数声鹭响冷沙洲。
秋风秋雨山中去，
秋月秋夕梦里留。
沧水悠悠寻旧镇，
酒旗猎猎见灰楼。
斜阳跌落秋山暮，
月下秋云故作羞。

注：凤翼洲，位于佛山西部，是沧江下游三洲段一个不大的河心沙洲。丰水期自成湖岛，枯水期呈浅滩半岛。长年有大量白鹭栖息或过往歇候。在秋天，尤其是黄昏落日之时，画面绚丽，有一种凄美、感伤之韵！三洲，乃当地拥有渔村渡口的一个古镇，具有悠久的历史建筑和人文景观，在一定程度上承载并见证了珠三角西部区域社会经济的兴衰过程。

七　律·赋佛山国家级传统古村落

“十三五”佛山城市升级、古村活化期间，随市考察团参观、游览佛山首批四个国家级传统古村落。

十番锣鼓茶基镲，
镬耳青屋大旗头。
文翰松塘飘墨韵，
碧江景泰筑金楼。
古村活化风情起，
新彩焕发人气兜。
百度犹寻桑梓梦，
千年回望故园愁。

注：佛山四个国家级传统古村落各具特色。其中，茶基位于南海区桂城街道叠滘行政村，以“十番锣鼓”闻名；大旗头位于三水区乐平镇，是国家级历史文化名村，以古建闻名，是粤中地区较有代表性的清代村落；松塘位于南海区西樵镇上金鸥行政村，是国家级历史文化名村，村内古建尤其是宗祠家庙众多，文风鼎盛；碧江位于顺德区北滘镇，是国家级历史文化名村，以金楼这一鬼斧神工之古建雕刻艺术典范而著名。

五　律·游南海九江滨

时雨与春生，
花开垄上迎。
绿垂杨柳岸，
暮落海心亭。
江月来相照，
烟云去自晴。
雁山隔浩渺，
燕舞渡笛声。

注：九江为佛山南海重镇，工商业发达，地处西江之滨。与鹤山之大雁山隔江相望，西江中流有海心、海寿等多个不大的岛屿，每天有渡轮往返。西江两岸，水鸟成群，风景秀丽迷人。

五　绝·鹭湖夜宿

辛丑岁初冬，人大政协两会期间因应疫情防控而需要实行全封闭管理。夜宿佛山美的鹭湖，观湖景落叶遣怀。

鸟归湖畔林，

山月照黄昏。

叶落霜风里，

犹如起舞人。

七　绝 · 滨江荷韵

滨荷新月水中出，

顾看芙蓉净似梳。

何事飞龙频绕转，

莲花座上现浮图。

注：芙蓉，意指观音菩萨。飞龙，指红蜻蜓，寓意为驱害、吉祥、胜利。浮图，亦即佛塔浮屠，是观音手持之宝物和法器，可护持、接引十方诸佛，象征施福和护财。浮屠观音，是明代版画集《慈容五十三现》《观音三十二相》中的一种。其造像特征为，观音立于莲花之上，右手持九级浮屠佛塔，左手作施无畏印。

五　绝 · 滨荷宴兴

辛丑冬日，于西江之滨佛山滨荷文创园与文友及园主等夜宴醉饮即兴。

潋滟波光动，

风清月色痴。

江楼多胜景，

诗酒两相宜。

注：荷，为佛山西部中心城区——荷城的简称。

七　绝·合水粉葛（两首）

一

合水粉葛缘鹿神，

药食根素胜人参。

云游六祖香山过，

汤膳解乏独访寻。

二

仙鹿含花过鹿田，

葛藤簇簇蔓山前。

一方水土一方物，

根素药食皆自然。

五　绝·合水粉葛

合水粉葛，为中国国家地理标志产品，是佛山高明名优土特产。有“南葛北参”“亚洲山人参”之美誉，药食同源。

地理生标志，
粉葛合水名。
食材天下有，
胜选在高明。

注：相传在很早以前，更合老香山上居住着一对老夫妇。一天，夫妇俩进山采药时，在悬崖底下发现了一只美丽的梅花鹿。小鹿被猎人的利箭射伤，奄奄一息。善良的老夫妇连忙为受伤的小鹿敷药疗伤，并将小鹿带回家中休养。后来，上山的村民经常看见一只小鹿陪伴在老夫妇的身旁，形影不离。一天清早，夫妇俩起床，发现小鹿不见了。屋的前后长满了粉葛，硕果累累。取之品尝，甘甜美味。从此，老夫妇靠种植粉葛过上了好日子，但对小鹿的思念也日益加深。原来，王母娘娘身边的一位小仙女，奉王母娘娘之命下凡到人间播送天上的物种。她经过老香山时，被这里的人间仙境吸引，化身为鹿到溪涧喝水，不幸为猎人所伤。小仙女伤愈之后，回天庭复命。为了感激老夫妇的救命之恩，她临走前将剩下的物种留给了他们。后来，老夫妇对小鹿的思念最终感动了王母娘娘。小仙女从此化身为老夫妇的女儿。其后，老夫妇和小仙女将粉葛的种植技术传授给所有村民，使大家都过上了幸福的日

子。如今，在老香山脚下还有一个因此而命名的鹿田村。这个美丽的传说随着更合镇的农产品流传到世界各地。

慧能大师六祖故里位于与佛山西部合水老香山交界的云浮新兴县，离合水老香山鹿田不过20公里。相传，六祖每次云游返回家乡途经高明合水时必先寻访合水粉葛并饮其汤或食用当地粉葛，以充饥解乏或清热消暑，甚是喜爱。

五　绝·龟香炉赋

清香一缕缕，
袅袅梦中回。
许与瑶琴念，
愿结千岁龟。

七　绝·美的鹭湖（藏头诗）

美川秀水自然成，
的确天华景致精。
鹭影飞霞同晚照，
湖光山色共浮瀛。

注：美的鹭湖，位于佛山高明的对川老茶场附近山野湖塘风景之处，

长年有大批白鹭在湖心岛栖息繁衍。此处，鹭影飞霞、湖光山色，美不胜收。常和家人朋友自驾前往游玩、采摘、采风、野营、宴聚等户外活动，是休闲、运动、散心、度假的好地方。

七　律·荷城夜访

乙未仲夏，于佛山荷城碧桂园凤凰酒店夜访花城出版社副社长、《随笔》杂志总编谢日新先生即兴所作。

山南六月夜风清，
雨后新荷绿满城。
花径好寻幽巷转，
酒痴恰遇醉翁迎。
诗中妙笔文章著，
琴里知音友谊增。
所以不觉茶味淡，
只缘话致盖香茗。

七　律·西江滨已巳送渡

南蓬山麓杜鹃开，
春日暖江云燕来。

杨柳拂风波潋滟，

兰舟送渡雁徘徊。

别思嘱寄香笺解，

挂念言怀苦楝栽。

明月一轮三五夜，

可约同眺在天台。

注：打开曾经的九十九封情书，那是挥去尘封的记忆和思恋；返回当年曾经一起栽种而今已亭亭玉立、果实累累的苦楝树下，从前在西江河畔南蓬山麓送渡的情景一一浮现在眼前。

五　律·南海九江春望

曳曳柳轻垂，

翩翩紫燕飞。

清霞接曙际，

浊浪向矶围。

江海长风啸，

云山暮日归。

舟笛追古调，

把盏试新醅。

七　绝 · 西江滨秋寄

两岸青山杨柳翠，
几行白鹭水东流。
雨中寥落浮萍起，
醉坐空阶梦里悠。

七　绝 · 月亮神树中华桫椤（两首）

壬午仲秋，携友人前往佛山西部鹿田原始森林探秘，寻访月亮神树桫椤有感。

一

铁骨仙风月亮神，
青山万古一闺深。
遗珠隔世桃源外，
秘境幽幽为探寻。

二

秘境寻仙月亮神，
石风铁骨化殷金。
舞蝶醉入千年梦，
一片柔情万古存。

注： 殷金，此处借喻“金文”，也叫“钟鼎文”，形容其与铸造在殷商或周朝青铜器上的铭文那样古老。

七　绝·与文友宴醉兴

己丑岁冬月，佛山西部，南海西岸，与文友等在盘龙山庄宴醉即兴。

酒欢且放难风雅，
醉里留白入梦乡。
愿把浮名皆换盏，
低吟浅唱亦铿锵。

七　绝 · 龟峰江月（三首）

己巳中秋，携伴于佛山荷城西江滨之荷花池等处漫步，并登灵龟塔峰赏月咏怀。

一

秋江一色清如酒，
潋滟花台月照人。
欲待凭栏觉已醉，
芙蓉入镜水中亲。

二

天漾云华波万里，
星河流转月回廊。
曲栏干外金风醉，
梦里笙箫玉桂香。

三

经世忘年流水去，

浮沉浪荡任东西。
霜尘作土随风月，
凋碧由花信有期。

七　律·对川问茶

湖暖柳新白鹭鸣，
茶园蝶舞嫩芽生。
风香一路侵花径，
町绿三山作画屏。
岭上含云云淡定，
炉心逗火火纯青。
上林春色杯中品，
戴月归来梦里烹。

注：对川茶场，位于佛山西部美的鹭湖森林度假旅游区。此地为以前的国营老茶场，重新开发以后设有茶博馆和茶艺厅。附近风景如画，湖光山色，白鹭成群，鸟语花香。平常游客成群，是观光品茗和休闲的好去处。

七　律・重九登西樵山

西风凋碧一山空，

岭上茱萸似火红。

不羡春花强斗艳，

但教秋色任峥嵘。

斜阳蝶舞寻芳径，

清月鹭飞嚣旷穹。

惆怅尽归惆怅去，

青山长绿水长东。

七　绝・对川春醉

丁酉岁初，在佛山美的鹭湖森林度假区对川茶场露营野炊，与文友醉饮遣怀。

风情留醉相思子，

饮落春红梦里吟。

烦恼千丝凭水去，

对花一笑百年身。

七　绝·樵山春韵

辛丑早春，携伴重游著名风景名胜，广东“四大名山”，佛山南海西樵山景区玉岩珠瀑、观音文化苑、石燕岩、听音湖等景点咏怀。

桃红兰黛春风面，

飞燕凌波柳色新。

百瀑千寻尘意洗，

樵山古梵净湖音。

七　律·早春郊行

早春季节，于南海西岸之银湖、庆云洞、龙涛湾，以及高明杨梅的龙湾等处远足踏青偶得。

江天一夜争春色，

梦里犹闻撒落英。

柳岸轻拂风踏浪，
梅山静看雀飞亭。
寻芳陌上吟花月，
放鹿崖边画鹤松。
笔底流光云水舞，
东篱把酒作诗翁。

五　律·庚子重阳登南海庆云洞赋

菊香松子醉，
落日带秋风。
涧陡泉流瘦，
云薄道观明。
霜天犹未老，
枫叶正当红。
把盏迎山月，
静听归鸟鸣。

注：南海庆云洞，位于粤中佛山西部。庆云洞道观始建于光绪十九年，是岭南历史悠久的道教圣地。所在地银坑山峦叠嶂，飞涧成瀑，鸟语花香，风景秀丽。洞内殿宇地势奇特，巍峨凌空，紫气缭绕，有“岭南道场一绝”之美誉。

七　绝·登西岸庆云洞山

住杖越棘石径深，
一花一草长精神。
风情更醉黄昏后，
西岸夕阳岭上人。

七　绝·明湖春

水软湖暖醉芊云，
半剪相思缱柳新。
潋滟烟霏施粉黛，
风情几度悦人伦。

注：明湖，位于佛山西部的高明荷城西江之滨。明湖之畔，西江新城在城市和产业发展中不断腾飞，城市建设、城市生态与人和谐共享。明湖春水如镜，碧波荡漾。游人兴致昂然，如入诗画之境。前往春游，乃是一件赏心悦目之事。

七　律·高明之路

有感于高明从35年前的白手起家，到如今跻身百强，走了一条波澜起伏且非比寻常的高质量跨越发展之路而赋。

沧江蛟浪龙腾跃，
皂幕凌云聘月星。
鹭影飞霞留美景，
湖光胜色恋浮瀛。
三十五载高明史，
几许同舟赤子情。
筚路维艰雄业创，
从头迈步续长征。

注：2016年12月8日，高明恢复建制35周年。高明位于粤中佛山西部，属于珠三角腹地。县（市、区）地方综合发展实力排名，高明连续多年跻身全国百强。

七　律·灵龟塔赋

游灵龟塔峰、灵龟园。为纪念灵龟塔捐建者、明朝万历年间的当地名士、岭南诗派代表人、朝廷官员区大相及其同朝为官的兄弟区大伦而赋。

旭日灵龟西水傍，
峰突兀起塔沧桑。
攫莲作座叠青翠，
遏浪吟诗赋缈茫。
万历区公多故事，
千年风雨尽文章。
朱颜不改平潮涌，
岁月无痕抚海殇。

注：灵龟塔位于佛山西部西江之滨的龟峰山上，与南海西樵山和江心岛太平沙隔西江相望，与山下荷花池旁的唐代龙窑遗址同为广东省文物保护单位。该塔由明朝万历年间的当地名士、岭南诗派代表人、朝廷官员区大相及其同朝为官的兄弟区大伦捐建。当地流传西江神龟伏兽、为民除害的神话故事和动人传说。

本人曾先后参与策划、组织开展对灵龟塔和同位于灵龟公园内的唐代龙窖两项省级文物保护单位重新修缮及维护工程，参与策划、编著政府文化工程《区大相诗三百首赏析》。

七　绝·灵龟塔峰登望（两首）

一

平沙一渚西江月，
夜落龟峰水上浮。
潮共风流千里外，
渡从心海系孤舟。

二

江海茫茫移日月，
惟留一渚水云间。
灵龟渡梦闻飞雁，
觉似区公驾鹤还。

七　律·聚江楼雨夜醉望

西江之滨，暮秋晚雨之聚江楼醉赋。

烟光水墨暮阑珊，
聚罢江楼酒已酣，
方许黄昏辞日照，
又寻月色遣杯残。
滂沱大雨倾盆泻，
浩渺狂波兀浪掀。
不向夕阳赊绚丽，
但留寂影醉凭栏。

注：佛山荷城西江畔，从黄昏落日至晚雨骤来，风景迥异，着实令人思绪万千。那聚江楼的酒，想必是为醉翁之诗所准备的。

七　律·泰康山

秋游夜宿佛山之西，于明城泰康山寄怀。

窗临碧树鸟轻啼，
雨过楼台落日迟。
径野空山垂暮色，

霜风半廓颤寒枝。

长潭宕镜花沾水，

皓月凝辉露醮衣。

莫负酾觚歌一曲，

凭栏还醉赋菊篱。

七　律·西岸踏春

辛丑岁，于南海西樵西岸和高明荷城等处踏春咏怀。

凤翼悠悠白鹭起，

陂塘烟霁柳垂春。

沧龙戏水追年少，

紫陌飞花弄子衿。

江燕双飞勤弄舞，

舟笛几度醉游人。

村前桃李溪边雨，

绿树田园岭上云。

注：凤翼（洲），当地母亲河沧江上的河心小岛，长年有白鹭栖息；

沧龙，指在沧江龙舟基地里正在集训、比赛的龙舟；西岸，为南海辖地，位于高明沧江河对岸，以山水田园风光而闻名遐迩。

七　绝·西江秋月

樵山江月荡清辉，
滟滟摇情浦上蕤。
花落长潭随梦醉，
舟横烟水苇风吹。

注：中秋之夜，皓月当空。在西江之滨佛山荷城灵龟峰的上游滩涂边，透过随风摇曳的芦苇荡，看见一只只扁舟停泊在近岸的水面上，在滨江走廊消遣休闲的一对对恋人游走在月光下，形成一幅浪漫诗情和自由自在的独特画卷。

七　绝·灵龟园赋（两首）

丁酉暮春，旧地重游，物是人非。

一

行柳萧萧应有恨，

杨花飞絮亦伤春。

旧时明月今时梦，

或害相思或害君。

二

廊桥一带伤春碧，

水倒云天影自痴。

柳绿成阴江塔近，

灵龟几度越荷池？

注： 灵龟园，位于佛山荷城西江之滨。园内有省级重点文物保护单位灵龟塔和唐代龙窑。龟峰山下，有荷花池、天然沙滩和公园等配套设施。坐落在灵龟峰上的灵龟塔，始建于明朝万历年间，为荷城阮埇乡贤、进士兄弟区大相（明代岭南诗派代表人）和区大伦捐建。民间有“灵龟渡劫”，即西江水患之时，灵龟救民于苦难的动人传说。此处，风景秀丽，绿树成荫，荷香飘溢，是休闲、垂钓、戏水、游玩的好去处。

七　绝・西樵渔桑

气荡云晴垂野阔，

塘田垄陌贯桑基。

波光一渚樵山翠，

梦似几番沧海移。

注：佛山南海西樵，因广东“四大名山”之一的西樵山而得名。西樵镇滨西江之水，河道密布，自古乃鱼米之乡。西樵山下，有珠三角地区保存最完好的桑基鱼塘区，面积3000余亩，风光旖旎，被联合国教科文组织列为保护单位，并誉为“世间少有的美景”“良性生态循环的典范”。桑蚕业发达，造就了西樵这一纺织之乡的传奇。“广纱甲天下”，离不开樵山纱纺。西樵还是佛教圣地，历史文化底蕴厚重，农工商旅等百业兴盛，富甲一方。

五　绝·云勇秋游

清风凋碧树，

日暮噤寒蝉。

斜壑泉飞涧，

人家雾傍山。

注：云勇，位于佛山西部山区，为国家级森林公园。

七　绝·村斋蝶舞

己亥仲夏之夜，前往佛山高明杨和镇丽堂村丽堂青年合作社蔬菜基地探访该蔬菜基地负责人时，在丽堂青社茶室和书斋见一孤蝶绕灯光翩翩起舞，舞久而兴尽却找不到出口。两个多小时过去了，夜已深，而老板却还盛情地挽留我们一行几人。说再喝一壶新泡的好茶吧，言下之意是“不急、不急，慢慢坐呗”。恰好还见那只夜蝶仍在原处遛弯，只是从刚才的兴奋变成了现在的惶恐之状。无奈之下，我们只好把灯光关了，好不容易她才找到窗口逃出生天。笑蝴蝶的狼狈样，也感谢村斋主人的热情好客，故而咏之！

丽堂青社灯花亮，
傍夜孤蝶不自哀。
兴尽思归归不去，
茗香留客在村斋。

七　绝·三洲宴兴

庚子夏秋之交，于佛山荷城三洲参加作协诗友新书发布及座谈研讨宴聚，有感于早秋炎暑天气而遣怀。

已过立秋秋未到，
未曾吟赋酒先开。
暑炎无惧三伏浪，
醉晓曛风梦自来。

七　绝·西岸夜行

丁酉深秋之夜，于南海西岸沧江河堤徒步散心，触景感怀。

星暗月沉杨柳残，
沧江十里夜阑珊。
桥头灯火依然在，
只是东流去不还。

五　绝·湖舟夜酌

仲秋之夜，于南海西岸银湖与文友等宴聚，泛舟湖上，吟风赏月。

轻风拂柳岸，
津夜泛湖央。
煮酒酬山水，
泊舟醉月光。

七　律·夏观风云突变遣怀

己亥仲夏，于西江之滨佛山荷城世纪广场观风云变幻天象有感。

苍狗麒麟飞兽散，
云盖乌天暗日斜。
莫道狂风涂乱作，
应知酷雨败残花。
几经雷电清三暑，
无限光芒闪九遐。
变幻平常非是事，
乾坤一道任奇葩。

七　绝·西江月夜

月落潮头西水涌，
津迷夜渡跃灵龟。

帆光浮影织符线，

浪里似闻擂鼓槌。

注：佛山荷城灵龟塔峰坐落在西江之滨。仲秋月盈之夜，行走在灵龟塔峰下的滨江长廊，漫步在河畔沙滩上赏月是一件再美妙不过的事。在迷离虚幻的夜色中，灵龟塔旁偌大的灵龟塑雕正欲摆渡过江，不远处的江潮浪汐之声如闻鼓鸣。

七　绝 · 江楼宴饮

于南海九江渔村宴聚，观西江落日咏怀。

苍黄夕照云霞醉，

尽染天边一抹红。

邀客江楼留晚照，

长风抚酒且从容。

七　绝 · 龟峰东望

登佛山荷城灵龟塔峰，隔西江东望南海，映入眼帘的首先是扼守在浩阔江面的太平沙岛，其次是巍峨青翠的广东四大名山之一西樵山。远眺浩渺、蜿蜒东去的西江，如少女长袖善舞，婀娜多姿。

灵龟欲渡长风啸，
一渚太平镇铁锚。
西水飘飘长袖舞，
樵山映翠裹妖娆。

五　绝·题竹林山庄

酒光盈月色，
沧水寄悠悠。
醉在春风里，
梦酣西岸头。

七　绝·夏日垂钓

雨斜杨柳九江滨，

洪汛无澜水正深。

除却芳菲留燕舞，

竿垂闲梦钓浮云。

七　绝·三洲华山塔

仙女牧鹅凡界游，

渔帆点点落三洲。

红云逐日着天际，

长使沧江绕塔流。

注：在佛山西部三洲古镇的沧江河畔华山丘上，建有一华山塔。相传，远古一仙女下凡，有一群黑天鹅簇拥。后，因羡三洲之地而留恋人间。此塔含砖木结构，凡七层，高三十一米，建于己卯嘉平之月。三洲当地盛产黑鹅，且大部分销往港澳等地。三洲黑鹅为驰名商标，享誉海内外。

五　律·春山云勇

春山留醉宿，

一梦寄新朝。

酒醒听花落，

鸟啼知日高。

挥锄翁汗土，

理草妇牵苗。

村陌成风景，

柴桑不损腰。

注：佛山云勇森林公园（国营林场）是国家级森林体验基地，位于粤中丘陵山区地带，山翠林密，鸟语花香。云勇村，位于林场腹地，是绿色之乡，也是长寿之乡。柴桑不损腰，意指东晋南北朝大诗人陶渊明（柴桑，今江西九江人）不为五斗米折腰之精神。

七　绝·赋岗雕乐之抬花轿

乙未岁中，于粤中佛山高明陪同国务院研究农村发展问题之专家、中国社会科学院农村发展研究所原主任党国英先生，以及上海社会科学院文产研究中心施聪助理一行前往更合镇泽河、明城明西等村开展非物质文化遗产项目及农村基层文化发展调研和采风咏怀。

泽河鼓唢锣钹调，

轿坐新娘过岗雕。

一曲空灵千百啭，

悬缠若诉念奴娇。

注：佛山泽河岗雕乐（花鼓调）是广东省省级非遗项目，这一曲目古时在佛山高明的更合镇泽河等村当地用于新娘出嫁时吹奏。相传古代一花轿过冈休息时，新娘下轿后不肯再上轿，在没其他办法的情况下，乐队模仿附近林子里鸟的各种叫声来奏乐，惟妙惟肖的演奏引得新娘破涕为笑并上轿得以顺利出嫁。岗雕乐至今已流传几百年，别具地方特色。

七　绝・重登南蓬山

三十年后之戊戌仲秋，重游西江河畔的佛山富湾南蓬山，别有一番滋味在心头。想当年，一身橄榄绿，一腔热血。再回首，尽是峥嵘岁月。现如今，纵使铅华洗尽，壮心亦然。那激情燃烧的青春年华，犹如逝水东流，光阴似箭，着实令人感慨万千！

云绻江湾画碧波，

南蓬锦绣舞银河。

韶年逝水铅华尽，

舸载峥嵘日月梭。

七　绝 · 水镇采风

庚子仲秋，诗社组织社员、诗友前往佛山高明区当地美丽乡村示范点明城镇水镇村采风咏怀。

雀跃河头鸣柳翠，
轻风入巷雨疏斜。
画随村景诗凭醉，
袅袅炊烟绕几家。

注：水镇，为佛山西部一村庄。滨临当地母亲河沧江之中游，田园村舍错落有致，风景秀丽，风光旖旎。

七　绝 · 南海九江雨后看舟

雨霁云山天水鉴，
一帘风色醉江楼。
行舟应是晴方好，
涛海泛波藏逆流。

七　绝·登老香山

庚子“五一”，于粤中佛山最西部携同友人一行自驾游并登老香山赋。

香山不老层林暮，
马尾飞崖落日悬。
未到石门人已醉，
椿花顶上鹧鸪喧。

注：老香山，又称香山，为佛山第二峰。地处佛山高明西部的更合镇，因盛产香椿树而得名。主峰最高处海拔669米，称椿花顶。主要景观有兵工厂旧址、马尾水飞瀑、石门楼、潭库等，群山叠翠，景色宜人。

七　律·观荷遣怀（两首）

荷城是“以荷命名”的佛山西部中心组团新兴城区，地处西江之滨。城区内荷园、灵龟园、明湖、智湖，以及滨江水廊和秀丽河等诸多大小湖塘水体均种植有荷花。盛夏时节，荷绿菡香，无不引人入胜。但秋天之荷却有另一番景象，往往会触景生情，感怀于心。

灵龟园秋夜观荷

尘念重重无计去，
乱盘堆梦见妆台。
枯荷摄水心尖瘦，
碧玉可人帘幕开。
一夜秋风衾半冷，
三生石愿月无皑。
倚栏杆处折杨柳，
寂幔轻亭几度呆。

暮秋伦涌观荷

金风疏昼暗荷香，
水月明清夜见凉。
十里乔装凋碧海，
三秋摘韵染沧江。
红泥挂藕撩思绪，
醉客凭栏倦鬓霜。
诗赋无端皆是梦，
浮塘零落满堆黄。

七　律·登皂幕山

壬午仲秋，携伴驾登皂幕山寄怀。

晨曦辉映岚叠嶂，
玉鼎盘龙岭外回。
涧绕梯田金谷浪，
鸟鸣霄霭彩云追。
铁驴意气嚣荒野，
佳丽风华悦翠微。
流水行云无尽处，
天涯明月共君归。

注：皂幕山为佛山第一峰，位于珠三角西部。适合四季降落伞滑翔、动力飞行、越野自驾、健步爬山。此处山高林密，鸟语花香，颇富有诗情画意。玉鼎盘龙，意指通往峰顶的盘山道路。铁驴，所驾登山车辆——摩托。除此次驾驶摩托以外，后来又多次以徒步、驾驶面包车、乘坐越野车辆等不同方式，并从不同路线直登峰顶。印象最深的是第一次结伴登临，以及参与策划、组织在皂幕山举办的多届广东省滑翔伞飞行节过程中登上山顶的场景和感受。

五　绝 · 老香山登望

暮秋登老香山，崖上看落花咏怀。

鸟鸣石涧清，
崖上落红英。
飞向云深处，
任由天外风。

注：暮秋，徒步登上佛山西部与云浮、肇庆交界的老香山，顿觉山青云净，神清气爽！从不远处偶尔传来清脆的鸟鸣声在石涧旁攀山小径的秋风里荡漾、穿越。瞭望云天，更是心旷神怡。看崖上落花，令人思绪飞扬，感慨万千！

七　绝 · 梅妆着色

于粤中南海，携伴春游九江镇西江滨堤行赋。

开枝又绿春头嫩，

杨柳平江两岸风。

闺女花黄贴对镜，

梅妆着色一宫容。

注：春天的美好在于万物复苏，气象更新，枯木前头发嫩枝。行走在西江堤岸，春风吹拂，杨柳招展，好一派生机勃勃的景象，着实令人流连忘返！在游玩过程中，看见一朵小黄花正好落在一位姑娘的额头上，与她同行的几位姐妹都拿她来开心。这位姑娘，趁机从包中掏出一面小镜子对着自己的脸额照将起来，并俏皮地做了做鬼脸。这一难得的场景，使我想起了南朝宋武帝最疼爱的寿阳公主梅花妆的历史典故。便赋诗一首，以不负此情此景！

五　律·鹭湖问茶

佛山之西，美的鹭湖森林度假区之对川问茶小镇踏青休闲之春游寄怀！

楼外云山雨，

燕飞拂柳斜。

踏青寻景致，

改火试新茶。

风韵江流暖，

心生物候华。

纸鸢原上去，
忽又落人家。

注：春日，大地复苏，物象万千，气清景明。面对大自然之馈赠，当以诗言之。人生如此，夫复何求。

七　律·赋花神

丁酉春花神之日，携伴于南海西岸沧江河畔山庄小酌感怀。

沧江明月照流年，
紫陌红尘绕柳烟。
几度雨中飞燕子，
三生石上舞蝶仙。
华莲染落春心动，
长夜争得梦里欢。
愿请花神延美景，
推杯换盏共樽前。

注：光影明媚、水烟缭绕的春日，惠风和畅。当荡漾在佛山沧江河畔，

游览在西岸紫陌桑田的郊野，徘徊于银湖的柳堤上，一袭红尘中总与百花交汇。花神，是春的代言！感恩于花神，也感恩于她和她的眷顾！为之祈祷，为之祝福！

七　绝·顺德三首

顺峰山望怀

壬辰仲秋，登顺峰山即兴。

神步青云桂畔东，
太平山色揽葱茏。
宝林古刹菩提盖，
庵口莲花诞凤城。

注：顺峰山，位于佛山顺德顺峰山公园风景区，为顺德“新十景”之一。风景区内有神步山、太平山、青云湖、桂畔湖、青云塔、旧寨塔、宝林寺等旅游景点和历史宗教文化古迹。据载，历来有“未有顺德，先有宝林”的说法。一千多年前，即五代南汉殇帝光天元年（942 年）已有僧人在此建庵，初名柳波庵。清康熙初年，肇庆庆云寺僧人元亮途经大良，观凤山如凤凰展翅，柳波庵如凤之口，口吐莲花，不禁心动，认为此处乃佛门圣地而留庵长居并立志弘扬佛法。当时庵内种植了七株参天古木，宛如天上宝林之山，因此更名为宝林寺。因凤山之说，顺德又称“凤城”。宝林寺内，千百载来僧人皆重视绿化，菩提树浓荫如盖，到处郁郁葱葱，游客、信众络绎不绝，常年香火鼎盛。

陈村花市

辛巳春节前夕，逛陈村花市偶成。

马龙十里车攒动，
花市百街花醉人。
香阵一城生粉黛，
红英簇簇竞迎春。

注：陈村花市，即陈村花卉世界。始建于1998年，坐落于素有“千年花乡”美誉的佛山市顺德区陈村镇，总占地面积超万亩，汇集世界各地花卉企业300多家，吸引了世界各地10余个国家和地区的400多家国内外花商进驻经营。目前设有中国花卉交易广场、国际兰花交易中心、花卉世界公园，集种植、培育、博览、交易、观光、旅游于一体，是闻名国内外的花卉交易中心和名符其实的花卉世界。

清晖园赋

辛丑“五·一”，重游清晖园感怀。

水木清华寸草心，
凤台楼舫绿云深。
花石岗上闻飞瀑，
玲珑曲径状元寻。

注：清晖园，始建于明代，位于佛山顺德。为中国“十大名园”和广

东“四大名园”之一，是佛山“新八景”和顺德“新十景”之一，是全国重点文物保护单位。

明天启元年（1621年），状元、礼部尚书、大学士黄士俊始建。清乾隆年间（1711—1799），进士龙应时购得旧址并修葺、扩建，渐成规模。清嘉庆年间，龙氏后人筑园林侍奉母亲，并题园名为“清晖园”。主要景点和人文历史古迹有船厅、碧溪草堂、澄漪亭、六角亭、惜阴书屋、竹苑、斗洞、狮山、八角池、笔生花馆、归寄庐、小蓬瀛、红蕖书屋、凤来峰、读书轩、沐英涧、留芬阁等。园林突出了中国园林建筑的“雄、奇、险、幽、秀、旷”的特点，汇集了园林、古建、雕刻、诗书、灰雕等文化艺术元素，彰显了岭南庭院和江南园林之特色与风格。

寸草心，取意于清晖园龙氏后人“筑园奉母”及唐代孟郊诗句“谁言寸草心，报得三春晖”。楼舫，即仿照清代珠江河上紫洞艇建成的“船厅”建筑。其建有两座楼舫，分船头、船舱、船尾，这在我国建筑设计上是唯一的派例。绿云深，取自乾隆帝十一子、清朝书法家成亲王为清晖园惜阴书屋及真砚斋这组庭院式园林小筑所题的匾额“绿云深处”其中的三个字。在绿云深处有一四角亭，亦称“凤台”。花石冈，指园林内的人工石山凤来峰。花石冈山12.8米高，建有人工瀑布，石料是用被列为贡品的山东花石岗石砌成，总重三千吨。玲珑曲径，是指沐英涧内通往状元堂的玲珑榭及其周围的游廊、小桥、花径、水榭等组合。除“绿云深处”“凤台”外，“清晖园”三个大字，也是清代著名的书法大家所题。

七　绝·南蓬渡口送友

于辛未岁仲春风雨大作之日，在西江之滨佛山荷城南蓬山渡口为送别同在司法系统工作的省城乡友杨兄所赋！

风雨多情人抖擞，
荷香毓秀韵春秋。
关山飞将今犹在，
更待鹏程壮志酬。

七　绝·文引南风

2015 年 8 月 26 日，参加佛山创建国家级公共文化服务体系示范区全市动员大会有感。

文引南风薪火盛，
佛山筑梦幸福城。
又吹号角擂征鼓，
秋色情浓舞曲升。

七　绝·雨　后

楼台雨过淡云天，

山染青岚碧柳烟。
西岸黄昏摘翠韵，
银湖回望鹭流连。

七　绝·西江潮渡

烟波一抹渺青涛，
浩浩汤汤暗渡潮。
看似平铺直叙处，
今江已过下游桥。

七　绝·佛山高明古村落（七首）

阮埇古韵

灋川青雀画游龙，
衣锦银绂驷马从。
水月壶觞流万历，
文风酌秀醉区公。

榴村古韵

陆氏祠光香雪瑞，
鹅湖传世锦石扬。
门坊古镬十三里，
见水望山愁梦乡。

深水古韵

明清古建岭南风，
沧水桑园旧日同。
商贾唏嘘犹梦在，
乡愁筑韵镬楼空。

朗锦古韵

庙山翠笔明珠画，
马眼清湖玉带飘。
渔唱樵歌松韵醉，
沧江月夜棹荷摇。

阮西古韵

阮水鸣琴绕雀声，

蓬山作画挂云屏。
烟霞暮醉莲池月，
彦硕西坊古韵呈。

上湾古韵

绿水萦洄迎埗塱，
龙舟社庆载丰登。
文耕筑韵源流远，
贝址一丘千古情。

洞心古韵

飞鹅岭下洞心村，
青瓦祠亭镬耳存。
革命乡亲多壮志，
雄风为铸老区魂。

注：伫立于西江河畔荷城阮埇古码头处遥望，历史的空间和年轮仿佛穿越并回到了明清朝代，似乎看见了朝廷官宦、岭南诗派代表人区大相乘坐画船回乡，站在船头玉树临风，正一边吟风诵韵一边与乡亲父老招手致意。古时的阮埇圩市，车水马龙，人来人往，一派繁荣。阮埇西坊，河涌交织，小舟穿梭，莲池花香，水榭亭台，清风徐来。荷城的榴村（陆家）、明城的深水古村、更合的朗锦祠堂群周边山清水秀，古建林立，田园风光目不暇接，沧江之水缓缓而过，两岸鸟语花香，无不令人

心旷神怡，流连忘返。

此外，荷城的上湾、更合的洞心等古村落，也在古村活化过程中齐头并进。村容村貌日新，民风淳朴，村风文明，古韵焕发。

榴村古韵之“陆氏祠光香雪瑞”，指农历乙未岁末（2016 年 1 月 24 日）适逢荷城榴村（陆家）陆氏宗祠重修后举行开光庆典。与此同时，市、区、镇三级文化部门对该古村落的活化工作也同步进行现场联合验收。中午时分，村中祠堂及外围空旷之处正举办宴席。突然，漫天飘雪，场面壮观。这百年难遇之雪，极为震撼！全体村民和数千宾客无不为之雀跃。

楹　联 · 丙申仲夏明廉文化苑赋

2016 年夏，应佛山高明海事处吴鹏飞处长盛邀，
特为高明海事“明廉文化”苑撰写并赠予此楹联。

横联：明廉文化

上联：明月清辉 照 樵高两岸 看 太平 盛赞 江城美景

下联：廉风律韵 沁 荷香三秋 秉 公正 乐谱 海事新篇

注：西江佛山高明段，东岸面向西江为广东“四大名山”之一西樵山，西岸为高明区荷城街道及西江新城，西江中流主副航道之间为南海区西樵镇辖地太平沙岛。佛山高明海事处办公大楼坐落在西江西岸，与西樵山隔江相望，太平岛风景迷人，西江东流，水天一色，烟波浩渺。

楹　联·东莞观音山山门门联赋对

上联：观音 山 上 观山水

下联：经法 道 原 经道德

注：观音山，位于广东省东莞市观音山风景区。“观音山上观山水”，是由广东省楹联学会和广东观音山国家森林公园联合主办，并于2015年秋在首届东莞观音山书画论坛上开始推出且近七年连续六次向海内外征集仍悬而未决之征联活动的上联句子。

下联为本人于2022年春游东莞观音山时所对之句。其中，“经法”即《经法》，是战国时期黄老学派之著作。为1973年12月湖南长沙马王堆3号汉墓出土的帛书《老子》乙本，卷前有《经法》《十六经》《称》《道原》此四篇古书，整理出版时合称《经法》。因《十六经》记载了黄帝与臣下的问答，故与《老子》统称为“黄老合卷”。“道原”有双重之意，一方面是指“黄老合卷”中的著作《道原》，这里解释为“道是天地万物的本原，是万事万物的总规律”，另一方面是指“道”与“原”，即“道路”与“原本（源头）”，此两个名词可分别对应上联之“山”与“上”。“经道德”中，“经”由原来的名词转化为动词，有“必须遵循”或“经营”“经略”之义；“道德”，指《道原》中的主张，强调“以法治国，刑与德并用，先德后刑”。《经法》著作的发现，对研究战国至秦汉时期的哲学理论有非常重要的历史价值。

松 之 篇

松，不惧冰霜侵扰，屹立悬崖峭壁之上而岿然不动，且四季常青。其与“梅、竹”一起，素有“岁寒三友”之美誉。

在中国传统文化中，松具有不畏艰难、坚强不屈的精神，象征顽强向上、坚毅刚强、百折不挠的品格，被赋予英勇和长寿的寓意。正可谓：

若非老干长青枝，瘦骨何来百岁皮？
崖上霜风滋日月，养得遒劲一山奇。

——古博《七绝·咏松》

气宇存经典，临危但凛然。
客迎风雪里，鹤立涧崖间。
不惑知神雾，传奇写玉山。
洪荒天地在，日月任凭栏。

——古博《五律·黄山迎客松》

松風舞鶴
古琪壬寅年正月

用新年颂词，致敬 *2022*

悠悠历史云烟，夹杂着瘟瘴的迷离
揭开了人类有公元印记的第 2022 个扉页
海的怀抱，山的巨臂
用神的伟力
将太阳经过无限回重复之后
再一次悄然托出，挥手举起

一叶孤舟，一只飞鸟
突然，或颠簸于海浪之间
或盘旋漫游于大山之上
犹如一簇浪花，一朵白云
在太阳的辉耀与映衬下
缈小而灵动

武夷君的流霞玉液
还有杏花村、杜康的陈年酒体
她们酝酿出来的梦，遗留的故事

还在一直发酵，沁人心脾

还在继续诉说动人的历史传奇

当新年荡漾的钟声响过

我仍然沉湎和陶醉于对梦想

对那一份传奇的探寻

直至春风扑面，清香四溢

醉过方知酒浓

爱过方知情重

仰望太阳，然后披着星光和月色

感怀大树的年轮

笑对沧海桑田

驱散雾霾，挥斥于方遒

用十年五十年，乃至百年之无悔与豪迈

守孤舟之寂寞

歌飞鸟之蓝天和白云之自由

重来的混沌，不想从南方的冬季开启

在二氧化碳排放、环境污染等

多重覆盖与轰炸之下
地球变色，赤道似乎北移
不久的未来，南方或将没有冬天
到那时候，候鸟不用南北迁徙
四季逐渐模糊

北极的回暖，珠穆朗玛峰冰川的快速消融
海平面不可逆转地不断上升
到那时候，该沉的沉了下去
该逃的最终也许无处亦无法可逃

天地万物，从混沌中来
或者，还会从混沌中去
地震、海啸、龙卷风、沙尘暴
还有冰山的崩裂、漂移
模糊的四季，动物界生灵的逃难与涂炭
大概，这些都是混沌的预示

不知从何时起，南方冬日的脸上
再没有从前剑拔弩张的气势
在没有霜雪打点

没有脾气的温柔冬日
使人们儿时在严寒的田野
踩冰玩霜的印象早已成为一个时代记忆

记忆是一种符号，也是一种眷恋
也许对天地万物
对地球的记忆是人类共同的乡愁
人们对冬天的印象
更多是那种传统的狂野与桀骜不羁
怀念从前那种霜絮满天、遍野苍茫的景象
留恋春花秋月、雪雨缤纷
留恋四季分明的那种感觉

每当深冬来临，南国遍地反常的绿意
往往会成为一种莫名的错觉
如今冬天给了人们本不该有的温顺
人们却期望还原她那略带俏皮的霜雪
期望以她本来的模样
去寻找和拥抱南方原有分明的那一个冬天

风 的 传 说

穿越历史的天空，划破大漠云烟
揉碎戈壁滩涂的荒凉与海的梦
挟持着云雨雷电，还有流浪的陨石
我从远古走来
不知道绕地球星空多少圈
跨过大半个中国来看你
不问秦皇汉武，不用唐诗宋词
自由得没有平仄韵律
简直是信马由缰，酣畅淋漓

红绿粉黛，打翻了春意在江南四处荡漾
荷塘月色在夏的雨后与虫鸣争宠
一片声色迷离
秋的梦幻，却寄以人无限遐想
甚至把金色读成忧伤
冬日里的雪让我醉倒在北国
趁机肆虐刀枪，横行苍狼

在空旷，黑色的夜里

我吻了爱你和你爱的人儿

吻了无数浪漫的梦

我曾经或者从来都存在，却又好像不曾存在过

我璀璨百花，摇曳了太平洋的海

还托起了珠穆朗玛山巅的雪

与遨翔天际的鸟儿

我剔透得无色无味，无悔无怨

从远古走来，浪迹江湖

直到天涯海角而亿万华年不绝不歇

我是你看不见的自由与梦想

无论白天黑夜，无论你身处绝境抑或欢呼在梦幻之中

我断言从没有也不会离开你

因为我知道，我们有共同的愿望

那就是——

带上自由的翅膀，飞翔

我愿是你梦里的一轮明月

我愿是一轮明月
在寂静的夜晚
完全沉浸，织染在你那温柔的梦乡
我愿是你心海初升的旭日
我愿是你眼眸中第一个出现的露出笑脸的太阳
如果，我真的是一轮明月
我愿意整夜看着你
伴你从梦乡喃喃呓语中醒来
目睹清晨的第一缕曙光

当然，更恨不得伴你永昼
伴你永恒，
伴你从晨钟暮鼓、黄昏夕阳
一直再到，一个个醉醉的梦乡
希望，破碎与不会破碎的美丽
都能够在明月与你那轮回的梦乡之中出现
很想和你看那日出

看那黄昏夕阳
伴你入眠，一起走进那甜甜的梦乡

天将拂晓，梦却不愿醒来

怀抱今天的梦，我昨夜安然入睡
无数的梦里有你
你却像风一样难以触摸
睡梦中，我看见一朵朵绚丽的花儿
在绽放，在向我招手
那是你甜美的笑靥
那是春意的画卷，是夏的浪漫与秋的喜悦
是冬的冰洁中绽放的梅花和雪莲
是你我的念想和致意
有时，你冷不丁
偷偷地躲藏在藤蔓与灌木丛中
出其不意地给人予惊喜，令人眼前一亮

静谧的夜晚
你恰似一轮清澈的明月在水中安放

你跌落凡尘，在我的心湖荡漾

仰望繁星闪烁的天河，又似乎不见你的倩影

只有嫦娥在凝盼，在等待

在思念，思念她所爱的人儿

天将拂晓，梦却不愿醒来

亲爱的，除了想你还是想你

这一句话，是我在梦中偷了你的念想

若是懂得，若是许愿长久

若是不在彼此身边

请彼此珍重，以期梦中相互厮守

你是爱，你是七月的流火

你是爱，你是七月的流火

是你把我从火热的盛夏带入秋凉

是你用白云一样的温柔

抚慰了我渐渐老去但依然炽热而躁动的青春

七月的黄昏，我时常眺望天空

为的是看那绚烂的红霞

看那蔚蓝蔚蓝的苍穹和一抹抹云彩
我想，那应该就是你漂亮的裳儿和胸前飘逸的子衿

七月流火，八月萑苇，九月授衣
我想念你的爱
想念曾经执手依偎的那一片芦苇荡
想念那蔚蓝蔚蓝的，甜甜的梦

你是火红星，你是七月的流火
是你让我想起于耜举趾的农谚，梦见男耕女织
你拉着孩子来田野送饭
那亲切的提篮里放有一束好看的野百合

你是爱，你是七月银河边上飘落的仙子
你曾说，我是七月浮现在你梦中的牛郎
我也说，你是七月上天遗留在人间的爱
瞭望浩瀚的星空，那里似乎很近也似乎很远
远得像在梦里，近得也像在梦里

七月的人间，情同七月的天上
往岁，也许我们的梦是带着幻想去鹊桥相会

今年我们却相约丽江，相约玉龙雪山

曾经我们携手试图攀登那高耸入云的扇子陡

也曾经在纳西，在波石欧鲁

瞭望过星空，瞭望过鹊桥

丽江古城的勾栏瓦肆，让我们流连忘返

我爱七月的天空，七月的流火

爱七月的丽江，爱七月人间有你和我的爱

黑夜是一把伞

黑夜是一把伞

她帮我撑起并遮挡了太阳

还把我的双眼安放在她的腋窝

有时她累了就会哭泣

眼泪不断地从她的头顶滑落

但我拿不定，她究竟是下雨还是真的在哭

不过，从此我不怕太阳

也无忌风雨

因为有黑夜，有伞

诗歌的不朽传奇

没有谁能像清风那样
可以任意地翻阅历史的书页
哪怕是被书页扬起的尘埃
她也从来没有放过

没有谁能像时光那样
可以翻阅和检验人世的沧桑
哪怕是被阴暗蒙蔽的角落
她也从来没有放过

更没有谁能像诗歌那样
可以安放灵魂，跨上清风和时光跳跃的骏马
穿越历史，经略人世
恣肆汪洋，涤荡乾坤
千百年仍然有她的不朽传奇

注：2021年12月，本人获《文学与艺术》《世纪诗典》《中外华语作

家》《世界诗人》《新时代诗典》等文学传媒联合举办的第十届中国文学艺术家年会“2021 年最具影响力杰出诗人奖”“2021 作家排行榜十大年度人物奖”。获奖作品包括《诗歌的不朽传奇》《愁作相思江南雨，梦回春又去》两首诗歌，均入选《2022 年中华精英诗人·诗歌日历》(团结出版社，2021 年 10 月版）一书，并发表在中国作家网、中华诗词网、中国诗歌网等文学网络平台。其中，本作品还入选《苏菲译·世界诗歌年鉴（2021 卷）》（英汉对照，由著名翻译家、诗人苏菲主编，苏菲国际翻译出版社，2022 年 5 月版）。

这世界，我曾打马踏月而来

书，安放了人的灵魂
诗，承载了人的希冀
她们从不需要奢谈金钱，名利
只要有一颗安宁、淡泊的心
还有一腔激荡的情怀与美好的向往
便可恣肆通行

明月、清风、花鸟与大海
酒、热血与诗歌，这世界请记住
我曾打马踏月而来
这里有金戈铁马，这里有白衣卿相

这里有大漠孤烟，长河落日
这里有穿越秦汉而看不到顶望不到边的无限风光

心向天涯，为脱贫攻坚再进发

一只脚印在心间，一只脚迈向天涯
瞭望神州大地
乘着二十一世纪的东风
我们跨过黄河，跨过长江
从首都心脏向西部向山区向边地出发
带着亿万同胞的心愿，带着春温
深深地亲吻那一块又一块贫瘠的土地

无论在哪里，无论那里有多远多荒芜
哪怕是海角天涯
都要坚信那儿必然有日出日落
或许还有鸟语花香
密林竹海，大漠浩荡
凝望广袤无边的大地，真恨不得——
在两只腿脚上长出一双坚挺的神翅，一步天涯

受伤的，或许还是

一只独自留守空巢的雏鸟

清风晨露是她的食粮，夜幕是她的寒衣

阳光从她那忧郁的眼神中掠过

在打开她心灵窗户的瞬间

幼小而柔弱的心扉

因为感动而有了神采，有了希望

天高海阔，历古弥新，大爱无疆

五千年的文化浸染

滋润了神州大地，喂养了中华文明

不怕贫瘠的是土地，摆脱贫穷的首先是精神

脱贫攻坚的号角早已经吹响

让我们再次从心出发

带着神圣使命奔向那脱贫攻坚的海角天涯

我愿是一只蝴蝶

我愿是一只蝴蝶

从前很丑

如今却破茧而出，翩翩起舞

在一叶一花之上

伴随清风，粉黛斑斓

无拘无束

或许任风吹过

即使灰飞烟灭

或许化作一束阳光

一缕相思

却也风情万种，给人遐想

我愿是一只蝴蝶

或许，她根本没有相思之苦

有，也只有

生如夏花之灿烂

死如秋叶之静美

七夕，是一枚多情的种子

天上的银河，那必是
美妙时光的温床与星空的港湾
那儿有多情的土壤和婀娜奇幻的风景
七夕，或许是邂逅情缘
和催生多情种子的时光机
七夕，是天上人间共有的第五个季节
那儿有春的温馨、浪漫
夏的炽热、缠绵
更有秋的收获、喜悦，以及冬的纯洁、期希
七夕，是一枚多情的种子
她独具匠心
从世外飘然而至
带着凄美的情和永恒的爱，浸润尘凡

庚子之年一路走来并不平坦
你于庚子七夕呱呱坠地，如仙子般降落人间
至少为我，为这位内心孤寂的长者

为世上所有能以你为乐为荣之人

增添一份厚重的幸福与冀盼

七夕，是一枚多情的种子

你生于七夕，或许是

你继承了你上辈风情万千的浪漫主义基因

这也许是宿缘未了，这不怪谁

要怪就怪这天上多情，怪这人间多情

今天是你的生日，是你真正意义上的

第一个生日

应该给予你郑重地和蔼地道一声

——生日快乐

睁眼看世界，但愿人长久

但愿你健康快乐地成长，多情而不被多情误

大江东流流不尽，几多愁

日月永恒，山河无恙

只是换了朱颜

三十余载光阴于历史长河
只是一朵不起眼的浪花
而在瀚海尘凡，一粒沙却有一粒沙的光辉

清风唤醒了那已被时光催眠的记忆
回首激情岁月，一身身橄榄绿似乎又跃入眼帘

曾经在南蓬山下的无数个夜晚
一个披着月色的身影在高墙外伫立
在暴风雨中，与参战干警及渔民兄弟一起
在滚滚的西江洪流中奋起追捕逃犯

曾经执伊人之手，漫步西江河畔
曾经看日出日落
听汽笛飞扬，等客船靠岸

大江东流，流不尽
日月如梭
世事人生，春秋如梦

弹指一挥间

又有几多，风吹浪打去了

几多愁

干杯吧，大可用酒啸出一团仙气

人生，大可用酒啸出一团仙气

彻底点燃自己的世界

人生，大可用火裹一腔热血

彻底贯通生命的脉络

生活的枯木繁枝

纵使被严冬的霜雪压着

喘不过气来

也必让心花，愈发怒放

让精神愈加焕发

因为春天一定会降临

而且还将呈现春色满园

怀着梦想，喝一壶老酒

岁月的诗意

自然如梦中的清莲那般美妙
自然会带着活生生的好
带着憧憬绽放
自然会载着风
载着水，在潋滟中荡漾年华

或许，喝下去的是生活的酸甜和苦辣
或许品尝的并不是酒，或许那是一种体验一种情感
反正要的是，那一种醉醉的感觉
干杯吧！要么花间吃酒，要么花间吟诗

风

是你，飘过春的万紫千红
飘过夏的灿烂和秋的金香
流连在冬日雪白的大地，蔓延在红梅枝冠
你去掉了温柔的装束和行头，换了一副酷酷的脸面
好一个大义凛然、英姿飒爽

我看见高原上，雪域神鹰向你致敬
美丽、冷艳的格桑花为你绽放

是你一扫尘世污浊，还河山大地一个朗朗乾坤
因为有你，才有了温暖花开的轮回
因为有你，才有了红叶飞舞的诗意和大鹏展翅的矫健

是你与太阳同行，与霜雪和云雨共舞
是你拂过尖尖的荷角，掀起马里亚纳海沟的汹涌波涛
是你越过珠穆朗玛之巅冰封万年的云彩
跨上时光的骏马，携大漠云烟之云烟
还有花谷之清香，扑面而来
因为有你，才有了看不见的存在，有了摸不着的时速
因为有你，才有了不竭的动力与激情荡漾的源泉

让我们高扬红船风帆，向着太阳出发

当公元二〇二一年七月的第一缕曙光从东方升起
我们便可自豪地回首泱泱神州伟大的党过去百年之往事
从南湖烟雨中一路走来，风云跌宕
南昌起义揭开了我们党独立领导武装斗争
和创建革命军队的光辉序幕
遵义会议挽救了党、挽救了革命，闯过了生死攸关的转折点

二万五千里长征，谱写了人民军队史无前例的英勇篇章
抗日战争、解放战争，我们党领导中国人民浴血奋战
用千千万血肉之躯高高地撑起了党和人民军队的伟大旗帜
抗美援朝、对外自卫反击战
用决心、意志和智慧，捍卫了中华民族的尊严与主权
改革开放，励精图治，韬光养晦
历史的车轮总是向前，历史的画笔为嬗变中的文明古国描彩增色
中国梦，为新时代大发展大跨越续写一个又一个辉煌
站起来、富起来、强起来
已经成为我们党和当今中国书写人类历史的磅礴力量与最强音

再回首最近过去的一年，或者更长一些时间
新冠肺炎疫情的深度泛滥与巨大冲击
让我们用初心和使命诠释了人民至上、生命至上的人间大爱
让我们用热血和执着书写了众志成城、坚忍不拔的抗疫史诗
逆行出征、顽强不屈、患难与共
英勇无畏、守望相助、共克时艰
这是白衣天使、人民子弟兵、国士无双的神圣使命
这是青年一代、人民群众的磅礴力量
这是用汗水和生命、用决心和意志浇灌与构筑的铜墙铁壁
这是自强不息的民族精神和中国骄傲

艰难方显勇毅，磨砺始得玉成

“十三五”圆满收官，“十四五”全面擘画

“天问一号”“嫦娥五号”“奋斗者”号捷报频传

决战脱贫攻坚取得决定性胜利

“春天的故事”在改革开放的坚定步伐中继续传扬中国佳话

大道不孤，天下一家

然而世界风云变幻莫测，中国梦想尚任重道远

和衷共济，“一带一路”正努力迈向更加美好的地球家园

百年征程波澜壮阔，百年初心历久弥坚

让我们用共产党人的红船精神承载起人民的重托、民族的希望

高扬风帆，向着太阳出发，乘风破浪，行稳致远

注：本作品与《水调歌头·建党百年华诞庆赋》一起入选《百年回望——庆祝中国共产党成立100周年诗文大赛获奖作品集》（中国文化出版社）。

诗意人间必有暖阳相伴

看风尘起舞，不拘泥于世事

把诗意和情怀安放于心
过诗一般的日子

写诗，吟诗
读书听广播
看世界，与暖阳相伴

在庭院中闻着花香
温着酒，面朝太阳
想象着大海，那里有潮起潮落

人世间百态千姿
或醉，或醒
只要不刻意去打扰他人便可

与相爱的人，携手共舞
迎夕落月出，听晚林落叶之静美
想着明天还伴暖阳

海高斯之日子

海高斯，说来还是终于来了
她挟持太平洋的排山之浪与倒海之势
纵容着银箭一样的倾盆大雨
从对流层俯冲而下，席卷而来
在海高斯肆虐的日子
我竟也莫名其妙地想起并感叹人生的日子

日子里的阵阵强风和暴雨
掀起生活中活生生的浪与苦涩的浪花朵儿
雨是日子的眼泪，她有高兴和不幸
风是日子的气息，有短叹亦有长吁
雷电，是哭泣中之日子的嘶吼与控诉
有晴空之霹雳，破天之万钧，惊世骇俗之吟唱

梦里的人生呵，就是把人生装进梦里
现实的人生是把人生贴在日子里
用风雨雷电的情怀激荡人间

掀起尘世的浪花

把辛辣及酸苦，把醉意和失落

把幸与不幸装进梦想，过成日子

注：海高斯，2020 年第 7 号超强台风，于 8 月 18 日 8 时许在南海生成，次日在广东珠海登陆。

2020 年的第一场寒，在岭南飘洒

12 月 1 日，这一天飘落的第一片黄叶

更带有透熟的味道和色彩

2020 年的第一场寒，始终要到来

我在出门前，不用太太吩咐

便自觉地加了一件外套

然后，走进了岭南的冬日

迎着冷暖自知的晨曦，融入尘世的喧嚣

也许，每个人都有冬天

正像季节变换一样

这才是完美的人生，圆满的世界

不要因为黄叶飘零而感叹

不要因为感觉不完美，看上去有缺失而抱憾

其实，真正的完美是不完美，是有不完美一面的

就像月亮，只有懂得了亏才能知道并会珍惜圆满的美好

岭南冬日的寒，往往来得迟些

铺盖大地的凛冽霜雪，或许少有，或许根本没有

因而，常常令人向往北国那茫茫的冰封雪裹的世界

人生最宝贵的，往往不是充斥铜臭味的所谓财富

而是那各式各样且五味杂陈而又难得的经历和体验

如果没有严冬，又何来四季的人生历练

只有霜风雪雨，才能弹奏出人生那美好的交响乐章

天鸽女王

我是风中的乞儿

在至诚的祈祷中等待你的降临

不知是谁泄漏了天机

透露了消息

为了迎接你的到来

飞机停航，铁路中断
船泊港湾
学生闭课，园区谢客
全民恭候

你的奢华，不仅是因你从天而降
如沐春风，威仪四海
你那镶嵌黑边的云裳裙摆
简直是遮天蔽日
让我们顶礼膜拜，不敢懈怠
你的神秘，不仅是因你赶海而来
与潮共生，横跨山巅
你那脸颊上亮如乌金般的笑靥
简直是冷艳高贵
让我们不得不敬而远之，望而生畏

谁叫你是天鸽女王呢
我们都得为你行注目礼
你为我们驱散了酷魔热浪
处暑之日，阵痛中
决然留下一抹秋凉，然后匆匆绝尘而去

街头巷尾，山郊野岭
看似杂乱无章的残席败宴
还有横七竖八的树枝丫儿
也许是你借了凡高的画笔
为我们点化万物

西江茫茫，沧水泱泱
那是你裙摆下的两段飘带
追寻你那曼妙的足迹和舞的动感
拉着你的炫酷的裙摆
听你吟诵和呼啸，也看雨看树枝丫儿显摆
似乎像是在梦中
你来了又去，去了还来
今夜等你看你，为你写诗
大抵只是为了给你送行，并无别的

注：“天鸽”为强台风，是2017年太平洋台风季第13个被命名的风暴。其于2017年8月20日14时在西北太平洋洋面上生成，于两三天内先后加强形成强热带风暴、台风、强台风，并于8月23日12:50在中国广东珠海登陆。“天鸽”造成粤中西部和港澳遭受重大破坏及巨大经济损失。

暗涌浮起的浪花，
也许是潺潺溪流快乐的脚步

寒冷冰彻，让你懂得什么叫北风
什么叫温暖
苦难，让你懂得什么是幸福

你困坐在斗室之中，一定知道
外面的世界很大

窗外的风景很美

如果没有束缚
哪来的自由
哪来有抗争，哪来有呐喊

冬天来了，春天不会很远
鸟语花香，一路高歌的背后
一样有繁华落幕

千万年的风霜雨雪

只是给你一瞬间的洗刷，让你还清醒

暗涌浮起的浪花，也许是潺潺溪流快乐的脚步

把思绪绕成黑色的风，写成一首诗

窗外，寒风把泛黄的落叶卷入黑色的夜

装进一个未知的世界

书案上，柔和得微微发白的台灯灯光

把我的想象、亢奋

带入那若幻若痴、如酒如歌的诗之海洋

我把思绪，绕成黑色的风

附着在漂流的风帆之上

任凭风吹雨打，不停地向前夜航

黎明前，我似乎在梦中

听到了婉转而灵动的鸟唤

这声音，一会儿从窗前滑过

一会儿在天边若隐若现

像是海鸥的鸣唱，又像是大雁
——嘎、嘎的低沉呼喊
迷糊中，更嗅到了
裹夹着浓浓桂花香气的晨风味道

我不知道，是昨晚酒的芬芳让我迷醉
还是夜航的思绪
从漂流和荡漾的风帆上跌落
更不知道，是谁在黎明前
把我又从诗的海洋中带了出来
让我安坐在书屋的窗台旁，沉醉得时梦时睡
醒来之时深感讶异，在案台上
已经不知不觉地摆放着一首写好了的诗

听说，他娶了个媳妇（外一首）

听说，他娶了个媳妇
尽管是好朋友，但毕竟不便当面八卦
其实，也没有什么

一天晚上，他找我喝酒
哥俩都醉得一塌糊涂
他说，她人好，身材也不错

我安慰他，人好就中
他又说，她有两个孩子
还絮叨说，一个是她的太阳一个是她的月亮

我望着他那一身醉态，疲累的样子
又安慰他说，你有了她就同时拥有了太阳和月亮
我说我呢？连星星都没有一颗

月亮飘过了西楼，彼此散去
他的背影佝偻在深沉的夜色之中
慢慢消失，直至湮没

临天亮，我趁着酒劲发了个梦
在梦中，自己头顶的天空上竟然——
也同时拥有了太阳和月亮

他说，他来请教我

又一天，我的那位好朋友又来找我喝酒
他说，他来请教我
为什么太阳和月亮会同时出来

我想了很久，确实有见过天上日月同辉的现象
但，大自然的规律不一定谁都能参透
他却摇摇了头，说要讲的是他家媳妇的那颗太阳和月亮

我终于想起上次他说他媳妇的那事儿
还是趁着醉意，我指了指天上
告诉他，找机会哪天夕阳下山前我带他去江边看日月同辉

终于等到有一天，趁夕阳尚未完全西下
月亮却悄悄爬了上来
我拽他出来又指着天上问，你看见你媳妇了吗

我说，你媳妇的两个孩子
一个是太阳，一个是月亮

而你媳妇就是你的天，人好就中

这一下他的脸上终于露出了久违的笑容

只不过，有些令人捉摸不透

但他的背影依然佝偻在深沉的夜色之中

人生，是行走在眼里的风景线

人生，是行走在眼里的风景线

是倒挂在心间的五味瓶

是一条破折号，一支感叹号

当你撑不开眼，没有了气脉

这便理所当然地成了一个无色无味的句号

人生，是一座铁打的山

是一条只管前行的河

四季是你的衣裳，信念是你的力量

无论你是谁，在哪

都没有不经风雨和退却的权力与理由

人生，是大海欢快抑或忧郁的眼
是游荡在洋流边上的一滴泪珠儿
是掠过黑色的光明
只有大风大浪和精灵的翅膀
才能掀起她那磅礴与绚丽的花朵

客家的娘酒山上的歌

娘酒的香醇，不时会在梦里萦绕
让我在千百里外的他乡日思夜想，永不能相忘

大山深处的歌，穿透千年的风霜
浸染着南迁先祖的苍凉与远古的律韵
一直停泊在我的心房

母亲啊！母亲
您总爱用粗糙的双手调制那芬芳的糯米酒
是您用酒的灵性，铸就和牵住了我那漂流的魂魄

久违而又熟悉的山歌啊

曾经多少次让年少的我找到回家的路

客家的感觉，就是那大山上的歌

虽然我已经再也不能喝到母亲您亲手酿造的酒

但母亲年轻时唱的歌，也许永远在为我祝福

我从大山里来

那里有悠悠的琴江水，那里有神秘的三峰寺和龙狮殿

那里有激荡的东风库湖和蜿蜒的长元洞山径

日落的时候，那里曾经牧笛悠扬

纵使风雨也打不动牛背上的少年，挡不住他归家的路

客家的娘酒啊，山上的歌

那是一代代的魂牵梦萦和绵延不绝的传唱

三峰坳的落日

那山谷的风，吹过林海

裹夹着婉转的鸟啼，沁染了花香

与夕阳交织在一起
她，曾经无数次伴随
归家的牧童和他那逐渐远去的悠扬笛声

那溪畔的雨，也曾打湿过
一顶旧竹笠下
那小小的脸蛋儿和他那破破的小背篓
冰凉的风和雨，透过千百年的沧桑与无奈
不紧不慢地袭来
骑在牛背的少年，没有鲜衣
只有一支，他爱不释手的短笛

那屋背的炊烟，曾经是
归家少年温暖无比的牵挂和绻恋的念想
山麓塘边那用泥砖砌成的
老回龙屋一角，是儿时和娘遮风挡雨的地方
屋前和厅堂里与伙伴们的游戏与追逐
永远是孩提时的天真和快乐
只要能望到袅袅的炊烟，那必定是家的方向

三峰坳红彤彤，圆圆的落日

永远是儿时美好的记忆

啊！华阳的山，琴江的水

那里的娘酒，那大山里的歌

那是永远无法抹去的乡愁

是永远追逐，却终归难以触摸的客家梦想

美丽女神，雪霜花

壬辰寒冬，95 岁高龄的外婆仙游。我回粤东山区奔丧，在外婆灵前守夜之时为她老人家所作，以寄哀思！

在零摄氏度之下

透明的冰棺里，躺着

你却如此安祥慈善

甚至，嘴角边还挂着

一丝微笑

你仿佛在告慰亲人们

天堂很美，无须悲伤牵挂

凌晨，夜幕下
气温仍在零摄氏度徘徊
一样刺骨地冷
彻夜无眠，只想陪守你
当霜的雪白披上大地
此时此刻，我和我的母亲
至亲至爱至近的人
谁都不愿也不敢离开你
因为，你是我们心中高贵的
美丽女神

九十五个春秋寒暑
风雨无阻，你慢慢走来
岁月的年轮与沧桑
把你曾青春亮丽的脸庞
刻画成至真至美花朵
你与我母亲，还有我
大小半世纪的手拉手
编织了一个又一个故事
是你第一个告诉了我那

狼外婆的传说

你的冰床，很冷很冷

这霜这夜，冷了还冷

就在这冰冷白色的世界里

我看见了

美丽女神雪霜花

花，虽然凋落

但，在枯谢的一刹那间

在雪白的眼前

显露的，是流星的光芒

是你最终唯一而永恒的笑靥

安息吧，我亲爱的狼外婆

你永远是我心中的美丽女神，雪霜花

妈妈，请你在天堂门口等等

妈妈说，天堂很美

那儿有盏神灯

在夜里，我梦见她化成飞蛾

毅然奔向那梦幻般的天堂

天堂，真的很美

那头是极乐世界

这头是天堂入口

还是在梦里，妈妈很美

她翩翩起舞

依然朝着那飘忽

而又阴森的神灯飞扑

关键时刻，我看见神灯

露出了狰狞的笑

我大叫

妈妈别去，危险

但我的呼唤显得很压抑很微弱

苍白无力

甚至连自己都听不见

无奈中，我再一次大声喊

妈妈等等，把我也带上天堂

奇迹出现了

妈妈终于放慢了脚步
我飞奔过去并趁机紧紧抓住她的手
死死不放开
在天堂这头的天堂门口
她没有舍得带我进去
只是在那儿长久地徘徊
并尽力紧攥我的手
进退两难，无限痛苦
梦醒了，我拉着妈妈的手
泣不成声
只能等待再等待
等待亲情与命缘的眷顾
奇迹地再出现

注：2014年10月，母亲因脑溢血严重中风被送到广东省梅州市第一人民医院抢救，经过开颅手术和一个半月时间的住院救治，虽然保住了性命，但也落了个半身不遂，生活完全不能自理。

她在梅州手术救治的当晚，我从佛山赶回去守在她老人家的身旁，看着她术后惨状不忍目睹、不省人事的样子，我感同身受、十分痛苦。我一个晚上都不敢合眼，在她的病床前拉着她冰凉的手为她写下了我人生当中给母亲的第一首诗。

妈妈，儿要让您也做一回宝贝

那一年萧瑟的秋天
本应金黄的世界里，却一片迷茫
一棵嫩嫩的、嫩得有些孱弱的小苗儿
在树妈妈温暖的怀抱里
迎来了生命中第一缕阳光
这一年，同样是秋天
却一派欣然，硕果累累
然而，就在这金色与收获的季节
你却在风中摇晃，战栗中
在朽枝凋零，飘落
望着你渐行渐远渐模糊的背影
当年的苗儿，如今的树儿
拼命地追赶，赶啊赶

今天，真的就是在今天
你的树儿单骑急奔，一日千里
魂牵梦萦

为的就是追赶你那匆忙却又蹒跚的脚步

今夜，真的就是在今夜

你的树儿通宵达旦，陪护左右

为的就是留住你那慈祥而又温馨的笑容

如果没有下一世，没有轮回

今生今世，树儿要让你做一回宝贝

让你做树儿的宝贝，不许你再唤树儿的乳名

宝贝，好好睡吧

不要想也不用再操劳

下半世，你就是真正的宝

宝贝，好好睡吧

也许天亮了，一切会好

注：2014 年 10 月，母亲因脑溢血严重中风被送到广东省梅州市第一人民医院抢救。经过开颅手术和一个半月多时间的住院救治后，12 月上旬我再次从佛山赶回梅州接母亲出院。往返几地，驾车行程千里。当回到五华华阳乡下家里已经是晚上深夜了，我依然守在她的床前，一直至天亮也不敢合眼、分神和离开半步。趁她昏睡的时候，我在母亲的病榻前为她老人家写下了第二首诗。

2021 年 5 月，散文诗《关山不愿隔乡道　回梦还愁忆母亲》（内容含本作品及其姐妹篇《妈妈，请你在天堂门口等等》两首现代诗）获中国诗书画家网、中国散文网、华夏博学国际文化交流中心等机构联合举办的第八届“相约北京”全国文学艺术大赛一等奖。作品入选中国文化出版社出版的《相约北京·全国文学艺术精品集（第八卷）》，先后发表于《佛山日报》（今日高明）专版和中国作家网、中华诗词网等相关网媒。

仙人掌，在苦难中开出的父亲花

我的父亲出身贫寒且只勉强上了两年小学
没有多少文化，却能写出一手好字
是军队这座大熔炉锻造了他
我的父亲，没有好的嗓子
他却拉了一支跨县跨市的花朝剧团
走南闯北，卖艺求生
他没有技术却为村里搞起了糖厂
还是他，没有职业
却放弃了回海疆建设兵团复职
放弃了去镇里邮政所上班
放弃了他人生许多大好机会

是他，把仅有的两间泥巴屋子
还有那寒酸的家当，碎杂的菜园旱地
全让给了兄朋乡亲

一无所有的他

后来却也曾混了个民兵营长

是社会这所大学磨练了他，也正是他这营长的威仪

造就了我少小时的英雄情结

还有他枕边的《三国演义》《水浒传》

《聊斋志异》《西游记》

无不令我少年壮志

侠义情长，我曾经的梦想

是将军，最起码得是

比父亲官大的团长

所以，小时候我最喜欢下棋

因为那里有团长、旅长、师长、军长

梦想支撑我上了警察学校

穿上了橄榄绿，直至配上二级警司头衔

记得那一年，父亲他来单位看我

千里迢迢，风尘扑扑

他用从部队带回来的旧军壶捎上一壶散装白酒

便权当途中充饥的食粮

回去时，他对我的要求也仅仅如此

给他灌一壶满满的，他喜欢的老白干

两年前，我的母亲不幸因病离世
此后的好些日子
望着我父亲孤寂的背影，伤感难禁

如今，他真的老了
年轻时落下的腰腿伤和多年的病痛折腾得他
时常下不了床，甚至死去活来
我唯一可尽的孝道却不是钱
也没法长时间陪伴侍候
千里送医，适时的电话请安
或许是一种选择
难得的是他老人家的理解
没有责怪，只有支持
所以我没有理由不感恩
因为父爱如山，有他才有我
所以，我更没法不感恩
父亲节，愿日日如是
愿天下父亲和天下母亲，一样安康
感恩，万岁

注：庚子岁，新冠肺炎疫情泛滥。父亲节这一天，春节以来一直留守

佛山工作单位的我，自然会想念起远隔几百公里之外，在粤东老家久躺病榻的老父亲！自从母亲离世以后，只要一到父亲节便觉得越发心情沉重了起来。

忆往昔，少年时期印象最深、最喜欢的两种植物是乡下在屋前屋侧小菜园或篱笆旁种植的金银花和仙人掌。金银花，又称萱草花、金针花、忘忧草，是母亲花；而仙人掌则是沙漠森林，是苦难之花，其最大的特点是在恶劣的环境中永不言弃，坚忍不拔，总能在绝境中生存，所以我称之为父亲花！我感恩父亲，今天用仙人掌精神歌颂父爱，并把这一朵在苦难中开出的致美致绚的父亲花送给我的父亲，也送给全天下的父亲，这就是我对父亲这一涵义的诠释和给父亲节的献礼！

带着你，向诗和远方出发

你说，你没有真正去看过大海
你说，你想去天涯海角
你说，你很想放飞自己，放飞心灵的翅膀
要和我一起，去天涯海角
去那浪漫而又神圣的诗和远方

为了我们共同的梦想
为了那天涯海角，为了那诗和远方
我一直在思索，一直在追寻

这一次终于找到了灵感，找到了方向
那就是现实与梦想交汇的天涯海角，那就是诗和远方

正巧，有一场隆重的诗人盛会在海南三亚举办
一项全国性的诗歌散文联赛颁奖典礼和采风交流活动向我发出邀请
携带手稿和获奖喜报
终于可以驾上爱车，带着心爱的人儿向天涯海角出发
今天就走
不，现在，马上出发
向诗和远方朝圣，一路往南

我的梦，永远在去写诗或正在写诗的路上

冬日的阳光，煦丽，暖和
在诗的国土和诗的梦里，北风没有丝毫的杀伤力
获奖的喜报，她并没有带给我多少喜悦
反而给予我惊喜的却是那即将举办颁奖盛典的地方
那因浪漫神秘而令人向往的海岛三亚，那一方天涯海角
我的梦，已经在去领奖的路上

驾上爱车带上爱人渡过那茫茫的海峡，奔向海岛
奔向那天涯海角，走进那多情而又璀璨的梦里
在椰树林，在岛礁沙滩上
迎着海岸线的风吹，听巨轮的笛鸣和椰子的跌落
看日出日落，看海鸥的自由飞翔
我的梦，已经在去领奖的路上

不在乎奖杯奖牌的熠熠生辉
不在乎台上台下那关注和追逐的目光
诗人的心，永远在通往诗的世界和诗的梦想的路上
天涯海角，也许只是一个目的地
也许只是诗人的一个乌托邦
我的梦，也许永远只在去写诗或正在写诗的路上

我在梦中追赶神鹿

我把残冬收纳
按进黎明前黑色的夜晚
温暖在怀里

然后，吐出一片阳春
安放在海角天涯

我爱的人呀
她在虚渺、空幻的海平线上荡漾
一不留神，她便趁机化成一座礁石
或者，像海风一样
淘气地消失在稀疏的椰林

我揉了揉眼睛，戴上墨镜
把昨夜的梦重播
我觉得你是在苍穹之上
你是一眨一眨的星星，是弯弯而又窈窕的月亮
在梦中和不在梦中都想见你

有人说，百年修得同船渡
千年修来共枕眠
我在往来海峡的渡口追寻
我在一艘一艘客轮上呼喊你的名字
我在月光下清凉的枕边抚摸

我驾着爱车，嗅着海的味道

一路向南

把冬雪叠成一片，把枫叶染成血色

我在梦中追赶神鹿

我把我的诗，念给海平线上刚刚露出笑脸的那轮太阳

蓦然回首，在黄姚（三首）

相　遇

人生若只如初见，何事秋风悲画扇

若只是初见，相信一切美好皆不会遗失

然而，众里千寻

你却只在古镇山水不经意间嫣然一笑

初见惊艳，因你在黄姚

那年那月，我顺漓江而下

有奇峰、古木、幽洞、清溪作伴

有山水、桥亭、古巷为诗

越过光滑的青石板，跨越沧桑

只为与你相见

相　知

执子之手，与子偕老
在古镇的九宫八卦阵里
在黄姚古戏台旁，在小桥流水人家
我们曾以期相伴一生为终
那时想，最浪漫的事就是和你一起慢慢变老
最奢侈的事，就是与你生死相随
在夕阳下相依，在柳堤驻足
择你一人终老

曾经沧海难为水，除却巫山不是云
世上能有多少胜过黄姚古镇的风景
能有多少比你入眼的惊艳与不忘
见多了天上的云彩，见多了舞榭楼台和灯红酒绿
看惯了春花秋月，看惯了莺歌燕舞和溪径逶迤
就算把世俗的七彩琉璃和梦幻斑斓尽收眼底
也比不上你的回眸一顾
我真的愿意带上一路的迷离，把心与你紧紧依偎

相　念

人面不知何处去，桃花依旧笑春风
再到黄姚，已是韶华流逝
已是物是人非，云淡风轻
千帆历尽始回头，不思量，自难忘
萧瑟向来愁追忆，山头斜照仍相迎
殊不知，惘然已是当年情

在黄姚，我仍然为村落巷子里的繁花和绿荫驻足
仍然为山背晚霞和江上余晖凝神
只是没有了你，酒不再暖心，歌不爱再唱
没有了你，诗不知从何写起
当真正的美好逝去，回忆又能挽留什么
也许只有在黄姚，我才能找到那遗落在古镇的答案

一枚典雅一方雕花

你是，全唐史册那诗的浩瀚海洋上的一轮明月
即便掩合书卷，停歇在历史的港湾

也不失在我的心尖投下一枚典雅与深情
你是，宋词古窗里的一方雕花
窗轩里的人正对镜妆扮
却不晓窗外的人早已泪洒千行
那泪珠是黑色天际的一抹星星，是夜明珠镶嵌在苍穹
那泪珠好似穿越千百年孤独的雨点
与春红夏绿交织，把婉约与豪情融化
有意无意地敲打在一扇一扇的芭蕉脸上

妆镜里，你那丝丝缕缕的忧愁与思绪
从冷月滑坠，跨过星河上的鹊桥
跨过袅袅吹烟轻轻托起的晨梦
带着一阵一阵沁人的芬芳
恰好落在暮秋或冬日黄昏，落在我的心坎上
肆意地翻动并激扬起我的心尘
我的酒意，你用温柔吹散
我的诗意，你用月光投射
我的情意，你用菡香包裹
人已初醒春未晴，携手看花只好等来年

有道是

暗香重重山色晚，寂寞花阴复使醉

冷艳无言，凄切妩媚尘如霜

惆怅饮，以酒当歌

看莺啼燕舞，恋恋可爱

杨柳依依不忍折

无奈紫陌沉沉，却花开如是

人在花中，花在人外

有道是

人在暮霭看花，孰知是花是人更伤心

注：本作品发表在中国作家网、中华诗词网、中国诗歌网等网络平台，入选《苏菲译·世界诗歌年鉴（2022卷）》（英汉对照，由著名翻译家、诗人苏菲主编，苏菲国际翻译出版社，2023年版）。

愁作相思江南雨，梦回春又去

君若晓，相思网上有花月

杨柳垂春，风吹千千结

君若晓，沉鱼落雁醉沙鸥，脉脉此情有离别

朝朝亦暮暮，永昼奔流无歇绝

相思长比西江水，深似海，高天阙

忆君心，水流无限情更痴，不辞阳春梦秋云
泪花飘成雪，愁作相思雨，似非江南春
忆君心，几回梦里莲花开，月半轮
一帘卷珠芙蓉醉，缱绻画船游入魂
且宛如清盏摇曳，酒满樽
玲珑花烛朵朵生红豆，烟水香沉

只愿君，春闺梦有我，不负相思意
良辰虚设五百年，莫限人间事
想必泉下好景，黄尘可寄风月
只愿君，彩凤飞云重尺素，山高水长无离恨
遗世仙姝
独立，不寂寞
再过五百年还可穿越

注：2021年12月，本人获《文学与艺术》《世纪诗典》《中外华语作家》《世界诗人》《新时代诗典》等文学传媒联合举办的第十届中国文学艺术家年会“2021年最具影响力杰出诗人奖”“2021作家排行榜十大年度人物奖”。获奖作品包括《诗歌的不朽传奇》《愁作相思江南雨，梦回春又去》两首诗歌，均入选《2022年中华精英诗人·诗歌日历》(团结出版社，2021

年 10 月版）一书，并发表在中国作家网、中华诗词网、中国诗歌网等文学网络平台。

爱最美的你唯你的美最爱

最美的你，用你最美的文字
告白你最美的心声
诗给我的灵动，沿着你指尖处从笔下滑落
又在你那转身的瞬间伸张，延续
那飘逸的神韵，不仅仅是你华丽的倩影
更有你那难以装饰的娇羞与心底轻轻的搏动
你的气息为我吟诵
你的眼神，像梦一样游走荡漾在我的心波
你乌黑的秀发和花样的笑靥
好似扇动的桃花和桃花上的舞蝶，
好似江南的杏花雨，有些凄美有些迷离
好似荷塘月色中的一朵沁香的红菡
是一道亮丽的风景线，一幅流动的风景画

你的念想，为我唤醒冬眠，打动阳春
你的诗，挑动了我岁月的琴弦

你，奏响了我人生唯美幻丽的乐章

银色的月光下，我在想明朝一定霞光烂漫

金辉满天，诗意云山

醉梦中，读到了你那青翠欲滴的味道

丝丝儿熟，透着一缕缕仲夏新出的清水荷香

还带有那风华隽秀的妩媚

翰鸿传墨，书香春秋诗满楼

我恨不得不发梦，因为只要你在跟前

谁教我

爱最美的你

唯，你的美最爱

注：2021 年 7 月，《爱最美的你唯你的美最爱》《愁作相思江南雨，梦回春又去》《一枚典雅一方雕花》共三首现代诗，获《当代中国诗人》《红旗诗刊》等文学传媒联合举办的第二届茅盾文学诗歌奖暨中国百强诗人遴选网上投票及专家组评审总排行榜第一名。作品均发表在中国作家网、中国诗歌网、中华诗词网等网络平台。

附　录：

古博创作简历

古博，笔名长乐神马，1966年9月出生，广东省梅州市五华县人。中共党员，中华诗词学会会员，国际诗歌协会理事会副主席，中国诗书画家网艺术家委员会副主席。中国当代作家、诗人、书法家。广东省佛山市作家协会会员、第七届科协委员，佛山市高明区第十届政协委员、第十届文联副主席。现任佛山市高明区作家协会名誉主席、诗社名誉社长、书法家协会名誉主席，佛山市高明区红色古典诗词文化研究会会长、发起人。现居佛山。

先后在司法警察系统、对外港口企业、口岸部门、外经贸（招商）部门、党政机关、纪检监察机关、经济科技部门、文化广电旅游体育（文联）部门、人大机关等机构任职，曾任区经济科技、文化广电旅游体育（文联）等部门党组成员、副局长（副主席）等职。热爱文化艺术，长期坚持文学创作，尤其在古典诗词研究与创作方面勤于探索和笔耕。目前创作诗词作品2000余首，在中国作家网、中华诗词网、中华作家网、中国诗歌网、中国散文网、中国诗书画家网等网络平台以及《中华诗词》《中华辞赋》《河南文学》《广东诗人》《佛山日报》等报纸杂志发表作品并入选多种诗文集，此外，还在《中国口岸》《中国纪检监察报》以及《南方日报》《佛山日报》和佛山广播电视台、佛山纪检监察及理论宣传文集等发表小说、散文、杂文、论文、经验文章若干。

曾参与《中国当代作家书画家名作典藏》《中外诗歌散文精品集（2020）（2021）》《相约北京·全国文学艺术精品集（第八卷）》《中华情全国诗歌散文作品选集（第六卷）》等多部诗文集，以及佛山市高明区政府文化建设工程项目《区大相诗三百首赏析》《广东省佛山市高明区博物馆馆藏文物集（上、下册）》和佛山市高明区作家协会《风雨见彩虹》等的编著工作，担任编委会副主任、主编、执行主编、编委、特约编委、特约记者等职务。曾主持创办佛山市《高明机关通讯》季刊，参与策划、筹办成立佛山市高明区红色廉政文化教育基地，组织对中国民主革命先驱、广东党团主要创建人谭平山故居的修缮及其革命史料的全国性收集与相关整理工作。多次被《中国口岸》《佛山日报》《高明报》等杂志社、报社评为优秀通讯员。撰写并发表了有关党风廉政建设、思想宣传、口岸管理、文化旅游，以及司法执法等方面的专业论文和经验文章超过100篇。获得诗歌、散文及论文奖等荣誉20余项。

1997年9月，获中国口岸系统优秀宣传工作者荣誉称号。1997年11月，《浅谈共建精神文明口岸的难点及其成因与对策》一文获广东“全省共建文明口岸理论研讨会”优秀论文一等奖。随后入选广东口岸共建论文选《新思路》一书首篇，比较系统地对客货运口岸，以及海关、商检、卫检、动植检、港监等联检部门提出“多检合一”的改革思路与建议。2005 年 9 月，《论党风廉政建设“大家谈”》一文获中纪委国家监察部北戴河培训中心第 110 期全国培训班“优秀经验文章”，作者本人获优秀学员奖。文章发表在国家部委级专刊以及《佛山市构建惩防体系理论研讨文集》，并于当年在清远举办的广东省党风廉政建设大会上作为优秀经验材料由佛山代表进行介绍发言。2008 年 7 月，主持编创的文艺节目配乐舞蹈诗朗诵《老区魂》获广东省佛山市纪检监察系统文艺汇演一等奖。2009 年 4 月，主持创作的宣传片《勤政为民　廉洁干事》（粤纪发[2009]8 号获奖通报）获广东省反腐倡廉公益广告大赛（影视类）二等奖。由中共广东省纪律检查委员会、中共广东省委宣传部、广东省工商行政管理局、广东省广播电影电视局联合举办，影碟作品在全省公开发行并作为公益廉政广告在重要公共场所滚动播出。

2022 年 8 月 28 日

扫一扫上面的二维码图案，加我为朋友。